¡NOSOTROS!

Andrea Jeftanovic
Não aceite caramelos de estranhos

TRADUÇÃO
Luis Reyes Gil

*mundaréu

© Editora Mundaréu, 2020
© Andrea Jeftanovic, 2020
Publicado mediante acordo com a Kalpa Literary Agency

TÍTULO ORIGINAL
No aceptes caramelos de extraños

COORDENAÇÃO EDITORIAL E TEXTO COMPLEMENTAR
Silvia Naschenveng

CONCEPÇÃO DA COLEÇÃO ¡NOSOTROS!
Tiago Tranjan

CAPA
Tadzio Saraiva

DIAGRAMAÇÃO
Priscylla Cabral

PREPARAÇÃO
Valquíria Della Pozza

REVISÃO
Fábio Fujita e Vinícius Fernandes

Edição conforme o Acordo Ortográfico da
Língua Portuguesa (1990).

Dados Internacionais de Catalogação na Publicação (CIP)
Angelica Ilacqua CRB-8/7057

Jeftanovic, Andrea
　　Não aceite caramelos de estranhos / Andrea Jeftanovic; tradução de Luis Reyes Gil. -- São Paulo : Mundaréu, 2020. – 144 p. (Nosotros)

　　ISBN: 978-85-68259-26-9
　　Título original: No aceptes caramelos de extraños

　　1. Contos chilenos 2. Contos latino-americanos 3. Família – Contos I. Título II. Gil, Luis Reyes

19-2787   CDD 863.8

Índice para catálogo sistemático:
1. Contos chilenos

2020 - 1a edição; 2021 - 1a reimpressão

Todos os direitos desta edição reservados à
EDITORA MUNDARÉU LTDA.
São Paulo – SP
www.editoramundareu.com.br
vendas@editoramundareu.com.br

SUMÁRIO

APRESENTAÇÃO 7

NÃO ACEITE CARAMELOS DE ESTRANHOS 11

Árvore genealógica 15
Marejadas 25
Primogênito 35
Meio corpo para fora navegando pelas janelas 45
A necessidade de ser filho 59
O incômodo de sermos anônimos 71
Na praia, as crianças... 81
Amanhã estaremos nas manchetes 91
Não aceite caramelos de estranhos 101
Miopia 111
Até que se apaguem as estrelas 121

APRESENTAÇÃO

Apresentamos, cuidadosamente selecionados, onze contos fortes, ousados. Contos que refletem o atual momento da literatura latino-americana e, assim, ajustam-se perfeitamente à proposta da Coleção ¡Nosotros!, dedicada a resgatar o melhor já produzido na América Latina mas também revelar novas vozes dissonantes. Além disso, trata-se de contos, gênero de excelência na literatura latino-americana, tantas vezes incompreendido, não raro pouco valorizado e que, justamente por isso, temos um prazer adicional de publicar.

São contos que promovem um exercício de reconhecimento e reflexão sobre pulsões reprimidas ou sublimadas em nossas relações mais íntimas — as familiares —, e no ambiente que tendemos a crer ser o mais seguro — o doméstico. Os estranhos aqui estão distantes, são meramente referidos — o inferno somos nós mesmos. E a escrita de Andrea Jeftanovic, sempre delicada e perscrutadora, confere ainda mais expressão às narrativas e reforça a sensação de escrutínio íntimo.

Aqui, o ambiente familiar e as relações mais próximas são palco de frustrações, temores e perturbações; também dos maiores amores e das mais profundas esperanças. Somos instados a lembrar que todos somos movidos por pulsões e sentimentos obscuros, é da matéria que nos faz humanos; a forma como lidamos com eles é o que nos define. A literatura pode justamente explorar vulnerabilidades, jogar luz sobre o que nos parece obscuro, investigar tabus, analisar contradições, reavivar incômodos.

Não por acaso, o livro começa com "Árvore genealógica" — um desafio ao leitor pela forma de amor desvirtuada, uma reação perturbadora aos fatos, extremada e eivada de incompreensão. No entanto, o tom da coletânea é definido no conto que lhe dá título, "Não aceite caramelos de estranhos" — a dor de uma ausência que nada pode preencher, a relação com uma realidade absolutamente incompreensível e inaceitável. E os contos continuam seu percurso por outras dores e outras vozes, de situações cotidianas que chegam ao terror àquelas desgastadas ou esquecidas e que, mais uma vez, revelam o amor.

Andrea Jeftanovic é uma das melhores representantes da atual geração de escritoras latino-americanas. Como outras autoras contemporâneas, Jeftanovic deu o passo necessário para desenredar-se de seu ponto de vista e de suas vivências diretas, e experimenta variadas vozes, situações, idades, gêneros, razões, temáticas. Seu instrumento é a observação cuidadosa; seu objeto, a desventura humana. Andrea não evita temas espinhosos ou muito dolorosos, tampouco teme cruzar fronteiras ou relembrar as próprias razões da existência delas.

A literatura serve, então, como um mecanismo para ousar e ver as coisas por outro ângulo, subverter papéis, negar expectativas, expor as vísceras de sentimentos e trazer à luz frustrações que de outra forma continuariam sufocadas.

Leia os contos aos poucos, como se cada um deles fosse uma confissão.

*mundaréu

São Paulo, novembro de 2019

Não aceite caramelos de estranhos
No aceptes caramelos de extraños

Parecia tão distante agora. Outro mundo.
Coisas acontecidas em outra dimensão.
Coisas acontecidas a outra pessoa. Interessante:
mesmo conhecendo os mínimos detalhes de um corpo,
nunca, nunca possuímos o segredo de quem o habita.
SIMONA VINCI

ÁRVORE GENEALÓGICA

> *O que é o proibido?*
> *"A sociedade não proíbe nada além daquilo*
> *que ela mesma suscita".*
> LÉVI-STRAUSS

Não sei quando comecei a me interessar por nádegas de crianças. Desde que os padres, os políticos, os empresários foram exibindo seus olhares evasivos na tela da televisão, e os diários infantis eram provas fidedignas nos tribunais de justiça. Nunca havia sentido antes nenhuma palpitação por esses corpos incompletos, mas com o constante bombardeio midiático "das erosões de 0,7 centímetro na zona baixa do ânus". Ou, no jornal, a frase "os meninos reiteradamente abusados perdem as pregas do reto". A brigada de delitos sexuais alertando a população sobre a alteração no comportamento das crianças e o exame periódico de seus genitais. O serviço médico-legal ratificando as denúncias após as perícias físicas.

Teresa olhava de relance essas notícias e ficava imóvel, incomodada. Fazia quase cinco anos que morávamos sozinhos desde que sua mãe se fora. Quando isso aconteceu, ela tinha nove anos. Retirou todas as fotos da mãe e, sem que eu pedisse, assumiu o papel de dona da casa. "Está faltando isto, faltando aquilo, estamos comendo carne demais." O resto continuou igual: seus amigos, a escola, seus gostos.

Uma menina estudiosa, tímida, que ficava desenhando árvores, contemplando algum lugar além das montanhas.

Já faz um tempo que Teresa espreita com um brilho diferente meu olhar cansado. Capricha mais na comida e decidiu que a pessoa que cuida dela não vai mais ficar para dormir.

— Por que você deu essa ordem? — indaguei contrariado.
— Já estou crescida, não preciso mais de ninguém tomando conta de mim à noite.
— Não concordo, às vezes eu chego tarde.
— Gosto de ficar sozinha — respondeu categórica.
— Pode ser perigoso.
— Um guarda toma conta da vilinha, e temos cachorro.
— Está bem.

Agora, quando eu convidava alguma amiga para tomar um café, ela ficava rondando e fazia ruídos estranhos atrás das paredes. Uma vez, dei um beijo tímido numa colega de trabalho, no sofá. Era uma mulher doce e cheia de vida. Quando desgrudei meus lábios dos lábios dela, vi o olho da minha filha por uma fresta da parede. Era um olho ciclópico que dominava a cena com ódio. Contive o grito e inventei uma desculpa para levar minha convidada de volta.

Teresa maquiava-se de modo exagerado. Às vezes, quando voltava de uniforme da escola e eu estava lá, seguia direto pelo corredor para trocar de roupa. Aparecia toda arrumada na sala. Não sei quando nem com quem aprendeu a delinear os olhos, a encher a boca de camadas de batom até deixar os lábios entreabertos. Sua compleição infantil ficava um pouco grotesca com aquela máscara de adulta. Passava ao meu lado e roçava em mim, sentava-se nos meus joelhos enquanto eu lia o jornal e acomodava seus quadris entre os meus. Eu não sabia como lidar com aquela situação, era uma menina, era minha filha.

— O que você está querendo? — perguntei um dia, incomodado.

— Nada, me ver bonita, bonita para você.
— Não gosto que você se pinte tanto.
— Como quiser — e foi andando indiferente para seu quarto.

Naquela noite voltei tarde, tentava reavivar o romance com a colega de trabalho, e saímos para beber um pouco. Havia sido uma bela noite. Um pouco zonzo, sentei na cama e lá estava Teresa, com uma camisola leve, cabelo solto, a cara lavada e perfumada.

— Senti sua falta.
— É, eu também, mas já é tarde. Vá para seu quarto — eu disse, segurando a cabeça entre as mãos.
— Não consigo dormir.
— Certo, então leia um pouco.
— Não consigo.
— O que você quer?
— Dormir com você.
— Filha não dorme com o pai. Você tem seu quarto, sua cama.
— Não quero ficar sozinha.
— Está bem. Então fique, mas só hoje.

Ajeitei-me num dos cantos da cama, tomando cuidado para não roçar nela. Virei de costas e adormeci. Quando acordei, girei o corpo e lá estava ela, olhinhos abertos, fixos em mim. Tive a impressão de que não havia pregado o olho a noite inteira. Fiz a barba, com um monte de coisas rodando pela cabeça. Ela me observava, plantada junto à porta, ainda de camisola, acariciando uma mecha de cabelo.

— O que foi?
— Nada, gosto de ver você fazendo a barba.
— É muito chato.
— É nada, eu gosto de ver você esticar o pescoço, virar o rosto de lado e passar a lâmina.
— Você tem aula hoje, certo? — perguntei inquisidor.
— Não. Já estou de férias, só volto em março.
— E o que pensa fazer esse tempo todo? Quer fazer algum

curso de férias? Se quiser, eu a acompanho. Podemos viajar para o litoral por umas duas ou três semanas em fevereiro.

Era absurdo, mas eu me sentia encurralado, assediado por minha própria filha. Imaginava-a como um animal no cio que não sabia distinguir sua presa. Ela deslizava rente às paredes com o pelo eriçado, o focinho úmido, as orelhas caídas. Como lhe dizer que ela precisava arrumar um rapaz, um namorado? A saia dela subia quando se agachava para recolher o lixo, deixando à mostra sua calcinha pequena. Já usava sutiã e ficava ajeitando-o na minha frente. Marcava seu território e encerrava-me dentro dele. Não sei se isso era bom ou ruim, mas Teresa não se parecia nem um pouco com minha ex-mulher. Pior: era uma versão feminina do meu rosto anguloso. Uma vez, ouvi-a no sótão, várias horas, revirando coisas. No dia seguinte, ela me esperou chegar vestida com uma roupa da mãe. Reconheço que a imagem mexeu comigo e acabei lhe dando um tapa no rosto. Ficou perplexa, com a bochecha doendo e os olhos muito arregalados. Saí para tomar ar e, quando voltei, ela estava deitada na cama, depois de uma evidente crise de choro.

O verão transcorreu opressivo, enquanto ela se dedicava a uma misteriosa investigação. Passava horas navegando na internet, imprimia documentos, pulava de um site a outro. Os jornais na tevê mostravam o Poder Judiciário anunciando a detenção do senador, do empresário, do padre. Todos pedindo liberdade provisória, mantendo seus processos protegidos pela inércia estival. Porque o político defensor dos menores, o padre dedicado à assistência dos pequenos e o empresário caridoso tinham feito muito pelas crianças socialmente vulneráveis. Uma noite, assistíamos a uma entrevista com um desses pederastas. Ao ser interrogado se havia feito sexo com uma lista de menores da qual constavam só as iniciais e as idades, o acusado respondeu com displicência: "Sim, com todos os mencionados". E acrescentou: "Eu era uma pessoa tremendamente solitária naquela época, e de alguma maneira pagava para ter companhia". Teresa murmurou entre dentes com terror uma frase que nunca vou esquecer:

— Vamos embora antes que esses caras cheguem aqui.

Não era fácil fugir. Eu continuava trabalhando, substituía os colegas que saíam de férias, e não conseguia ganhar um dinheiro a mais. Na minha folga, um deles solidarizou-se comigo e me emprestou uma cabana numa praia não muito frequentada. Não consegui que Teresa convidasse nenhuma amiga, apesar da minha insistência. Chegamos a uma casinha simples, no meio de um pinheiral. Dentro havia uma cadeira num canto, uma cama dividindo o ambiente, um armário de madeira com as portas entreabertas e um grande espelho pendurado na parede. No primeiro dia, Teresa arrumou tudo do seu jeito, enchendo as gavetas de camisetas mal dobradas e roupas de inverno. Tinha vindo para ficar. Naquela hora, rodeei o quarto procurando uma saída, mas já era tarde.

Teresa me deu um desenho: uma árvore com um tronco largo, cor de café, casca rugosa. Pensei que fossem os últimos estertores de sua infância. Mas, quando coloquei os óculos e observei os detalhes, entendi o que estava tramando. Era uma árvore frondosa, com um só tronco, que se dividia em muitos galhos, dos quais saíam vários outros. Em cada galho havia um quadrado, com um nome masculino dentro, e um círculo com um nome feminino. As figuras geométricas iam se multiplicando de maneira exponencial pelas quatro gerações esboçadas.

— O que é isto?

— É o nosso clã, nós estamos na base.

Notei o nome dela e o meu na figura correspondente. Depois a ouvi, atônito. Teresa fez um discurso, citando a Bíblia, afirmando que no princípio era o incesto. A humanidade começa com um casal fundador, que procria, e, para dar lugar à sociedade, é necessário transgredir uma proibição. Em algum momento, o amor filial precisa se converter em amor de casal. O pai ou a mãe, conforme se trate de filho ou filha, deve dormir com seu procriado e engendrar um novo filho ou filha. É um gesto necessário para que surja uma nova sociedade.

— Uma nova sociedade... — sussurrei incrédulo.

— Sim. Uma nova espécie a partir de nós. Você será o pai e o avô da nossa cria... é para um futuro melhor.

— E depois? — perguntei, entre confuso e absorvido pelo desenho.

— Outro filho, até chegarmos à menina ou ao menino de que precisamos para multiplicar essa nova linhagem. É necessário romper o triângulo e formar o quarteto, que continuará fragmentando-se em novas formas geométricas. Dois irmãos originais darão lugar a novos filhos, que vão se multiplicar sem distinção entre tios, primos, irmãos e sobrinhos.

— Cale-se, você só tem quinze anos.

— Mas já li o suficiente — respondeu ela com aprumo.

A sequência de argumentos com que encadeava suas ideias me deixou arrepiado. Ela estudara todos os fatores. A consistência de seu plano me deixou sem palavras, percorrendo com os olhos a linha branca de seu couro cabeludo.

— Vão nascer todos doentes, deformados, retardados. É essa a nova sociedade que você quer formar? — atinei em dizer, um pouco perplexo.

Olhou-me nos olhos, furiosa, e asseverou:

— A endogamia não é necessariamente prejudicial, são mitos, compartilhar a herança genética às vezes potencializa características positivas — pegou o desenho e continuou falando, sem dar atenção à minha opinião.

— A cada vez que tivermos um filho, a árvore vai se ramificar e ficar cada vez maior.

Caiu a noite em que me abri para atender aos chamados de quem me evocava havia tempos. Afundamos no colchão, enredamo-nos na tepidez dos lençóis. A conexão com a lembrança de um apetite extraviado. Por um segundo, pensei nas notícias sobre as nádegas das crianças, mas o meu caso era outro. Eu em cima dela, descobrindo aqueles olhos cinzentos, que eram os meus olhos cinzentos. Beijava a mim mesmo. Tocava meus próprios ossos saltados, grudava em mim meu próprio nariz aquilino, calcava minha própria testa estreita. Ao longe, o som das venezianas batendo. Conforme a acariciava, invejava nela sua juventude e delicadeza. As palmas das mãos mais suaves que as minhas, a musculatura rígida, um aroma de violetas que emanava da nuca. Tinha medo e não tinha; tinha mais medo do que julgava ter. Ela me dizia "venha, mais, mais perto", tropeçávamos nos móveis. De repente, olhei a massa amorfa de nossos corpos no espelho da parede. Deparei com as órbitas dos meus olhos vazias. Atirei um cinzeiro para destruir a imagem, mas não nosso abraço. Cacos de vidro partidos em mil fragmentos. Pedaços irregulares, vidro moído espalhado pelo chão de carícias urgentes. Sem mais testemunhas. O segredo estava prestes a ser escrito no mercúrio do espelho.

Quando me deitava com Teresa, ela não era minha filha, era outra pessoa. Eu não era seu pai, era um homem que desejava aquele corpo jovem e dócil. Um homem dedicado à tarefa de fazer amadurecer seu físico ambíguo. Um escultor a cinzelar sua imperfeita figura, seus membros parciais, suas extremidades toscas. Esmerava-me em tornar mais fina sua cintura, escurecer seu púbis, estilizar a curva do pescoço, tornear suas pernas. Queria extrair toda a mulher que havia na adolescente em flor. Não, não era minha filha, era a missão plástica de moldar seus seios pontiagudos, de dotar de sensualidade seus quadris estreitos, seus movimentos torpes. Deixar para trás todo o espanto da infância e inaugurar gestos sofisticados. Ignoro o que ela pensava, talvez acentuar as dobras das minhas pálpebras, revitalizar minha pele fatigada, reduzir meu abdômen avolumado.

De tempos em tempos, tomava consciência de minha filha trancada nessa cabana, rodeada de paredes de madeira. Pensava que não era uma moça de ficar esperando príncipes azuis quando aproximava sua testa coberta de suor da minha, as narinas trêmulas. Montou em cima de mim, forçava minhas pernas enquanto dizia sem parar: "Mais seiva para os novos brotos, mais". Sua língua sedenta invocava nomes próprios: Sebastiãos, Carolinas, Filomenas, Cláudios; uma árvore genealógica com sobrenomes que se anulam uns aos outros porque são todos Espinoza Espinoza. Eu, mil vezes nascido em meus filhos, em meus netos, sobrinhos, primos. Seu útero jovem desinvernaria um bebê a cada nove meses. Dias em fogo brando à espera de mais crianças. E, a essa altura, o homem, três vezes a idade dela, duas vezes seu corpo, sangue do seu sangue, já não se importava em ficar observando-a por longo tempo, detendo-se na sua boca e descendo até seu sexo. Ansiava a plenitude quando nos deitávamos os dois, as cabeças largadas, bem próximas; a sensação de que tínhamos um ao outro, um ao outro.

Não voltamos a Santiago, montamos nosso mundo aqui. Um dia reparei em Teresa, e era evidente a causa do aumento de peso, da curvatura de seu ventre. Esperamos o bebê em paz, caminhando entre ciprestes e pinheiros, erguendo a vista até suas copas. Ela tomava sol num terraço improvisado, enquanto o diâmetro de sua figura aumentava, seus peitos cresciam e as primeiras estrias machucavam sua pele viçosa. Eu descia uma vez por semana até a vila para buscar víveres. O dinheiro ia diminuindo na conta; por enquanto, o aluguel da casa dava uma renda módica. Ninguém se incomodou com nossa ausência. Às vezes, eu comprava o jornal e acompanhava o caso dos políticos, dos padres, dos empresários.

Respirava aliviado por estar longe daquilo tudo. Mas, não nego, "onde fica a cidade?", esta é a pergunta que temo que minha filha fará algum dia, como um sopro. Sim, um ruído de sílabas: "Pai, onde fica a cidade?", e o horizonte como uma cortina que se abre de lado a lado. A nitidez das coisas quando alcançadas pelo sol. De momento, penso na folhagem, nesta vida sob as árvores, contando as folhas perenes, acariciando as raízes, velhas de anos, cortando madeira para o inverno. Pressagiando quando será que os ramos que fortalecem este tronco vão fazê-lo quebrar-se em dois.

A consistência de seu plano me deixou sem palavras, percorrendo com os olhos a linha branca de seu couro cabeludo. O segredo estava prestes a ser escrito no mercúrio do espelho. Atirei um cinzeiro para destruir a imagem, mas não nosso abraço.

MAREJADAS

> *Falo com você, mãe, tão nova como você é em relação a*
> *mim por uma noite, deste seu antigo presente, cuja posse*
> *me parece que consigo completar justamente agora.*
> *É minha a vida que me deu? Esta noite, sim,*
> *é totalmente minha.*
>
> ERRI DE LUCA

Uma grande onda me arrastava num sonho, interrompido por um telefonema à meia-noite. Nadava num mar de escombros quando o policial pronunciou o nome do meu filho. Depois de desligar, vesti-me às pressas, reconhecendo no escuro a roupa pendurada no encosto da cadeira. Despedi-me do meu marido com um beijo na testa, que brilhava sob a luz da lâmpada. Sentado na cama, ele se desculpava absurdamente por não poder me acompanhar, nossas duas meninas pequenas dormiam. Prometi ligar quando tivesse novidades. Um enxame de sirenes de ambulância soava na minha cabeça. Acelerava sentindo os sapatos cheios de água. Enquanto avançava, as ruas se abriam como pontos de fuga em linhas oblíquas. Ouvi o ruído do automóvel em cada semáforo, até chegar ao destino.

À entrada do recinto estava Javier. Fazia anos que não nos víamos. Um médico bem-arrumado e tranquilo nos aguardava. Assim que nos sentamos no cubículo estreito, informou-nos sobre uma fratura de clavícula e uma perfuração de fígado. Calou-se por uns segundos enquanto colocava um par de radiografias sob uma luz cintilante. Os órgãos, como diminutas tochas, um monte esfumado de células. Mudou o tom de voz quando exibiu a imagem: "Este derrame cerebral é o que temos de estabilizar com urgência". A imagem projetava uma mancha enorme. "Com o forte impacto, um vaso sanguíneo do encéfalo arrebentou, e o sangue se espalhou pelos tecidos adjacentes." Uma maré de sangue que escurecia hemisférios e cavidades. Eu apenas observava a mancha enquanto ele descrevia procedimentos e possíveis cenários. Suas palavras sobre fluxos e coágulos eram um murmúrio distante. Quando parou de falar, continuei petrificada diante das imagens do exame, daquela sombra escura no seu crânio, sobre o lobo direito. Por seu olhar compassivo, imaginei que também era pai e entendia nosso mutismo. Pediu-nos informações sobre Cristóbal: doenças importantes, grupo sanguíneo, uso de medicamentos.

Pedi para vê-lo. Permitiu que o contemplássemos por uns instantes por trás do vidro da unidade de terapia intensiva. Fiquei chocada ao ver seu rosto ferido, o corpo com a intervenção de sondas, agulhas, um monitor com números cintilantes. Distingui um leve tremor de seus cílios e isso me reconfortou um pouco. No corredor, o médico pediu que, apesar das circunstâncias angustiantes, considerássemos ir para casa. A noite seria crítica para a sua evolução e não haveria ninguém para atender-nos. O zumbido das máquinas, a frieza das lajotas do piso compunham uma paisagem desoladora. Uma mulher de jaleco cor-de-rosa dormia exausta, de boca aberta, a cabeça encostada na parede de azulejos. Na hora em que tirei da bolsa as chaves do carro, Javier sugeriu que fôssemos à sua casa, a apenas duas quadras. Caminhamos em silêncio por uma cidade vazia. Ao longe, o ronco de algum ônibus. À noite, a cidade é um país civilizado.

Era um apartamento pequeno, acolhedor, bem decorado. Enquanto ele preparava um café, desliguei o celular e guardei-o no fundo da bolsa. Discos empilhados, livros dispostos irregularmente nas estantes, sem dúvida morava sozinho. Na única prateleira, uma foto antiga de Cristóbal e Javier, os dois sorrindo. Um tapete felpudo me despertou a vontade de ficar descalça. Brinquei com a penugem da alpaca. Javier tamborilava os dedos na mesinha de centro. Não podíamos falar de Cristóbal. Não pronunciávamos seu nome. Éramos como dois estranhos tentando distrair-nos ou sustentar um primeiro encontro às cegas.

A leitura comum de um livro que estava em cima da mesa foi o ponto de partida para uma conversa desconexa. Ambos lembramos encantados um trecho em que o protagonista viaja pelo México. Um país que tínhamos percorrido quando éramos namorados e que, nesse momento, aflorava de modo inesperado: o nome de uma aldeia colonial do estado de Oaxaca, que agora era um conjunto de sílabas entrecortadas.

Cristóbal era parecido demais com seu pai: os olhos escuros, o jeito de arquear as sobrancelhas e o sorriso de lado. Falamos um par de coisas mais e precisei abraçá-lo. Rodeá-lo com força, acariciar seu cabelo. Javier ficou imóvel. Precisei beijar seus lábios e aproximar meu corpo do seu. Javier, desconcertado, continuava inerte, os braços caídos. Javier a ponto de dizer uma palavra que eu havia calado fazia tempo. Bocas que manipulam a forma seca de um beijo. Um beijo que era uma comporta de água. Uma inundação, só que ao contrário, um oceano tragado por uma manilha. Meu filho, com seu temperamento calmo, movia agora serenamente as mãos em meio ao naufrágio. Ele nos cumprimenta ou está com problemas? Meu primeiro filho, meu companheiro de rota, que olhava fixo pela janela quando viajávamos de carro. Seus monossílabos distraídos, seu gosto por jogar tênis no paredão, a quem será que desafiava com essa prática? Acho que não tinha vontade de competir com os da sua idade. Cristóbal não era de fazer críticas abertas, mas, sim, de lançar olhares questionadores. Não tenho agora a oportunidade de lhe perguntar o que achava de mim quando dava uma olhada displicente entre um pestanejar pausado e outro.

Continuávamos abraçados, Javier e eu; fui abrindo um por um os botões de sua camisa e senti suas mãos rodeando minha cintura por baixo da blusa. Ele recostou-se no sofá e afundei minha cabeça no seu peito, recriávamos um tempo anterior, quando estávamos do lado da vida e não na sua fronteira. Relembrei seu aroma de madeira, senti sua musculatura firme, vi suas pálpebras entreabertas, seus lábios brilhantes. Queria pensar que a boca faminta de Javier era a boca infantil de Cristóbal sugando meus mamilos. Peitos inchados para um recém-nascido que eletrizava aréolas e veias. Um bebê que precisava alimentar-se. Sua língua lambia instigadora e se enchia de um líquido espesso. Coma, devore a espuma, dirija-me palavrões, preciso que você se nutra de mim, só de mim. Posso lhe dar todas as proteínas, todos os minerais, todos os anticorpos para se defender do mundo. O homem, o menino, sorvendo as pontas num redemoinho no tapete. O cordeirinho que morde forte, que comprime as tetas com ritmo. Seus olhos estão fechados, seu cordão umbilical, aberto. Pelo seu queixo escorre um fio de saliva. Os úberes brancos e redondos atentos a essa boca semiaberta. O menino é um pequeno animal sob o tórax de sua mãe e se aferra ao vão de suas axilas. Saciou seu apetite e passa seus dedos fibrosos pelo meu pescoço, o olhar cabisbaixo se dilui numa suave massagem de ombros, como se nos tivéssemos separado na véspera.

    Apagou a luz e deitou-se nu ao meu lado com naturalidade. Tínhamos evitado o nome de sílabas entrecortadas, projetando no teto o mapa daquela mancha de sangue que arrasava continentes e tecidos. Ele me pergunta se tenho uma vida feliz. Não respondo. Basta um mínimo roçar de pele para conectar finas penugens, abrir poros. Palpitam os quadris, palpitam os seios. Sinto a suavidade da sua pele em minhas coxas. Tento me afastar, mas ele me abraça com força. Meu corpo desperta e fico sentada. Ele tem três gotas de suor na testa. Volto-me para a música do aparelho de som, que sussurra algo por seus discretos alto-falantes. Reclama das meias e levanta minha saia até os quadris. Penso nos buracos das fechaduras daquelas portas que não devem ser atravessadas. Seu abdômen sobre o meu. Fricciona, separa meus joelhos, e sinto a pressão de seus genitais. Uma corrente de ar se infiltra e evidencia a ínfima distância que há entre os dois. "Não posso, não posso", digo, dando-lhe as costas.

O que é tudo isso? Um vestíbulo de emoções, conversas febris dentro de uma estufa. "Venha cá, menininho, com a mamãe, ainda não é hora de sair, está quentinho aqui, sem pressa, sem pressa." Javier golpeia outra vez contra meu ventre. Não me canso de tocá-lo, de certificar-me de que está aqui e nada poderá acontecer com ele. Acaricio um por um seus cílios escuros e ondulados. E percebo a enervante melodia do disco que ficou tocando repetidamente a noite inteira.

Faça-me um filho, sentenciei. Não vê como avança a mancha no mapa cerebral. Um rosto difuso apoiado sobre a almofada. Sim, eu sei, a maré sobe e inunda cavidades e tecidos. É um mar de vasos sanguíneos explodidos que não retrocede. Sim, uma maré que sobe, e sobe, e encobre a praia. Não, você vai ver como não importa. O que foi que eu fiz, o quê? Sim, mas muitíssimas vezes, com muitíssimos homens. Aperte minha mão. Não chore. Mas não podia evitar de apoiar minha cabeça sobre seu peito e ouvir as fracas batidas de seu coração. Seus lábios tremem. Você não reage. Tenho um sonho, gostaria de ficar retida neste ninho. Você me observa aterrorizado. Faça-me um filho, insisti, porque você poderia não ter ouvido por causa do barulho do trânsito. Outro, o mesmo, qualquer um, para eternizar-me. Um primogênito. Você já o fez uma vez e foi tão fácil, como não poderia fazê-lo de novo? Um filho homenzinho, forte, terno, que tire boas notas, que goste de música e de esportes. Está vendo a mancha de sangue que continua avançando pelo fundo abissal? Ouve as débeis pulsações, o osso que acaba de se partir em mil estilhaços? A clavícula é a viga transversal que sustenta os músculos superiores. Ouviu o que o médico disse? Uma hemorragia por traumatismo, um derrame que avança pelo cérebro, um fluxo que se interrompe e um grupo de células morre. A ruptura de uma artéria que cobre tudo de sangue, matando células e tecidos. Vi sua expressão em apneias. Não podemos esperar mais.

A mancha púrpura nos faz navegar extraviados no mesmo oceano do nosso filho. Por isso você levanta a perna, se arrasta até o meu corpo e se afunda nele, e abre passagem até a virilha, e os espelhos se embaçam. Eu digo venha, mais para dentro, querido, não se mova, espere, a boca aspirando a pelúcia do umbigo, penteando a coluna de penugens, a saliva desenhando um caminho. Sou um molusco suportando o naufrágio. Agora exploro seu corpo, e você geme atiçando uma pequena chispa de fogo. Um redemoinho que estremece mãos, pernas e lábios. Introduz suavemente sua mão no sulco de minhas nádegas. Já não tenho vergonha, já não tenho pena. Nada como um amante que conhece o seu corpo, que não anda aos tropicões, nem pedindo licença. Não soluce, continue, quero que entre inteiro em mim, quero abrigá-lo no meu útero, para que nasça de novo. E depois expulsá-lo apenas quando você não tiver mais espaço nem ar. Abro a boca, exploro a fundo com a língua para derrubar o homem, o jovem, o infante que aperta seu punho contra a almofada. O menino embalado pela marejada que o leva até o rochedo que separa as correntezas das águas paradas. Que luta contra a ressaca, enquanto enche os bolsos de lulas, medusas e estrelas. Mal conseguimos pisar a margem da areia para recolhê-lo. Acenamos para ele da costa, mas você ouve seus próprios sentimentos retumbando como trovões e passando como um trem expresso.

    O zumbido dos corpos, as pulsações encravadas numa pélvis surda ao rumor dos crustáceos. Células e tecidos entrelaçados como algas que flutuam na água. A rede de artérias e veias estremecidas em ondas ascendentes e descendentes neste mar de líquido amniótico. Escreva a frase, é só o que lhe peço. Ele se anima a esvaziar sua pena num arquipélago cheio de cristais de sal. Por um instante, penso que amo você, mas é uma sensação efêmera como uma onda. Uma massa de água que cresce com força, mas que logo recua, quebra e não existe mais. Um barco expulso, de volta às suas origens. A muda miséria existente sob o sol.

Seu cabelo está empapado, as faces úmidas, os lábios inflamados, olhos de tormenta. E você me dá de mamar seus pequenos mamilos de homem. Botões mínimos, endurecidos; pobre filhote de mim, caracol encerrado em sua concha para não ouvir o rugido do mar.

Quando distinguimos a moldura da janela das cortinas, sabemos que está amanhecendo. Fui correndo me olhar no espelho do banheiro e vi meu rosto de pavor. Algo como um hálito de ar sussurrou-me palavras vindas de empoeiradas estantes, de ordenadas certezas. Da janela podia ver o fogo-fátuo da iluminação pública. Da esquerda até a direita, fluíam cornija e fachada. Atrás ficava o edifício de tijolos. Despontava a tirania da linha reta dos urbanistas. As escavadeiras das construções despertavam em monótonas vibrações. A cidade nos devolvia à realidade: um filho de dezoito anos com a vida em risco. Dois pais entrando num hospital às primeiras horas da madrugada, como se estivessem abordando uma embarcação. O edifício branco, como um porto de mármore. Mas não há capitão, e sim um médico de jaleco verde caminhando até nós. Um pulmão despertando, uma respiração fraca e nenhum nome. Está trazendo nosso filho recém-nascido nos braços? Aquele peixinho travesso que flutuava no meu ventre? Doutor, foi parto normal ou cesárea? Vinha de cabeça ou de bunda? Quem cortou o cordão umbilical? Pesou quanto? Quanto mediu? Qual foi a nota dele na escala de Apgar? Um homenzinho de pernas roliças e pulmões fortes. Mas não. Um médico com as mãos vazias. Um médico que tira o gorrinho cirúrgico. Um médico que passa a mão pela testa suada, que avança de cabeça baixa e cabelo desgrenhado. Um longo corredor que se estreita como uma artéria do cérebro. Um coágulo que desliza e rola pelo piso. A mulher do jaleco cor-de-rosa se levanta de repente do assento e nos intercepta. Fala conosco desde o encéfalo, oxigenando sua petição desde a nuca para perguntar se

Cristóbal é doador. A bolha que explode e deixa o cérebro numa escuridão tripla. E uma onda gigante, encrespada, onda que quebra, agressiva e potente, cobre de espuma a ponta dos sapatos.

O menino embalado pela marejada que o leva até o rochedo que separa as correntezas das águas paradas. Que luta contra a ressaca, enquanto enche os bolsos de lulas, medusas e estrelas.

PRIMOGÊNITO

> *E por um instante a vida sadia que levara até agora pareceu-lhe um modo moralmente louco de viver. O menino que se aproximou correndo era um ser de pernas compridas e rosto igual ao seu, que corria e a abraçava. Apertou-o com força, com espanto. Protegia-se trêmula. Porque a vida era periclitante. Ela amava o mundo, amava o que fora criado — amava com nojo.*
>
> CLARICE LISPECTOR

Três tristes tigres. Entristeci-me muito quando você chegou por entre as pernas da mamãe. Foi num abrir e fechar de olhos. Naquele dia, ninguém me viu. Fiquei refugiado contra a parede. Veio muita gente, e todo mundo passava rápido, com pacotes envoltos em fitas rosadas. "Que menina linda, igualzinha à mãe, os mesmos olhos azul-celeste." Pequeno querubim, você quebrou meu triângulo perfeito com papai e mamãe, meus sete anos de reinado. Agora formamos uma roda imperfeita, na qual tenho de abrir mão de um dos dois. Cria, criatura, você não cabe nos meus desenhos: uma casa com chaminé e duas janelas: uma delas, a do quarto de papai e mamãe; a outra, a do meu quarto.

Embrulhar minha irmãzinha num saco plástico preto. É com essa ideia que acordo toda manhã. Eu colocaria você ali, com cuidado, entre os latões de lixo, como nas notícias, abrigaria o seu corpinho inteiro numa capa preta.

Se a terceira pessoa que passar diante da janela for mulher, não vou repetir de ano. Se conseguir pisar além da linha da calçada, minha vizinha gosta de mim. Tem muito amor por mim, pouquinho, ou nenhum. Ando pela cidade cruzando faixas de pedestre, conto sete listras perfeitas, cinco grandes e duas pequenas, listras de zebras galopando com mais patas do que era de esperar, seis na zebra grande, atravesso de olhos fechados, ouço o barulho dos motores em ponto morto. Não, ninguém vai passar. É uma aposta, eu vou ganhar.

Vejo você dormir no seu bercinho. Chia, estala a língua, de repente suspira algo parecido com uma sílaba. Quando dorme, você nos dá umas horas de trégua, uma possibilidade de sossego. A casa fica silenciosa quando você finalmente adormece. Embora seja uma estranha aqui, reconheço que há alguma coisa de nós em você: o jeito de torcer o nariz e franzir as sobrancelhas ao mesmo tempo. A melhor maneira de dizer isso é esta: tenho uma irmã sangue do meu sangue, mas que veio arruinar nossa vida. Acaricio as penugens, o cabelinho eriçado da sua cabeça pontuda como um ovo. Salzinho, salzinho, esse ovinho é meu. Você não gosta dos meus mimos, dos meus cafunés, das macaquices que lhe faço? A fivela metálica do papai brilha contra a luz toda vez que me flagram com as mãos em cima de você. Por que você não lhe diz que é só brincadeirinha de criança? Traidora, minúscula traidora. Papai está apaixonado por você, ele a olha embevecido. "Minha querida, minha linda, minha rainha", repete sempre. Vai abandonar mamãe por sua causa. Mamãe não é a mesma, agora se senta de perna aberta, a calcinha aparecendo. Tem olheiras arroxeadas. Não usa mais brincos nem passa perfume. Quando papai a abraça por trás, ela se desvencilha. Esquiva o rosto de um beijo sem graça. Papai encolhe os ombros. Você não conheceu aquela outra mamãe, alegre e brincalhona. Hoje em dia, ela é uma enxaqueca permanente, afundada na fadiga, com as gengivas inflamadas como esponjas, todo santo dia estendida na cama. "Mamãe, vem cá", eu a chamo para que venha ver minha nova torre de Lego. "Estou com dor de cabeça", ela responde. "Desculpe, mas não dormi nada esta noite", acrescenta. Desde que você chegou, mamãe não me pega mais no colo. Deixa a bandeja de comida intacta na mesinha. Mal consigo vê-la na escuridão do seu quarto e, quando vou abrir as cortinas, diz "não, a luz me incomoda". Acha tudo chato, eu inclusive. Penso que parou de gostar de mim, parou de gostar aos poucos, parou de gostar de desilusão em desilusão, entre o tédio e a tristeza. Papai fala ao telefone com o médico, e eu só escuto um "continua na mesma". Não sei como ajudar, chega de dar de mamar, chega de choro, de noites em claro.

Ontem mamãe pôs um vestido lindo e se maquiou, falou de a gente sair para passear na praça, pensei que seria tudo como antes, mas, quando chegamos à porta, você acordou com um gemido inconsolável, "mas eu acabei de dar de mamar", "dormia profundamente, vai ver que está com gases". Mamãe tremendo à porta, eu já montado na bicicleta com um pé no pedal, "vamos, vamos, já, já ela para, deixe-a chorar até cansar". Minha pulsação acelera, "mamãe, você prometeu", mamãe divaga, murmura "é a escala de Edimburgo", "que coisa", "nada, nada". Não estava chateada comigo de verdade, apesar de agir como se estivesse, como se estivesse mesmo chateada. Não voltei a ver a palma das suas mãos, nem a abraçá-la, acariciando a parte de trás de seu pescoço.

À noite, fico de olhos abertos, observando o teto. Um carneirinho, dois, três, saltam por cima de uma cerca, mordem seu pescoço, arrancam seus olhos. Nos meus sonhos, sua silhueta se dissolve várias vezes na penumbra. Vamos brincar de alguma coisa, vamos ser cúmplices, guardar um segredo entre nós dois. Um, dois, três. O canivete acaricia, a ponta rombuda da tesoura perto dos dedos rosados. Sou um lobo feroz que enfia a cabeça no seu berço. Não se assuste, é um disfarce, minha máscara preferida. Você passeia impávida seus olhos redondos pelo quarto. Deseja o beijo que me obrigam a dar. Você me olha com essa cara de lua cheia ou reage com uma expressão fechada como um punho. Bebê porquinho, com cheiro de vômito fermentado. Como me agride a urina das suas fraldas. Bebê imundo, que trepa pelas tetas da mamãe, chupando-as. Vou lhe ensinar os nomes que dão às nossas partes íntimas. Por que você não me chupa? Com suavidade, com ritmo, com seus lábios transparentes.

Vamos até a cozinha, lá estão os copos, as colheres, suas fotos em cima da geladeira: com um gorro de lã, com um cobertorzinho, com uma chupeta de borracha. É lá que ficam as toalhas, as panelas e as facas. Vou cortar sua língua para você nunca dizer nada. Não vá morder a língua, lamba, engula. A língua dentro da boca podia preservar o sabor que está a ponto de se extinguir. Se acender o fogão, vou queimar sua mão, seu rosto, sua pele de asa de galinha. Não, não vamos brincar com fogo. Olhe para mim sem pestanejar. Vou ser médico, advogado, padre, arquiteto, vou casar-me com mamãe. Escondo a língua, porque não digo o que tenho a dizer. Desde que você chegou aqui, está tudo pela metade, bagunçado, sujo.

Às vezes papai chega tarde, ouço o ruído da calça de cotelê quando ele sobe a escada com pressa e entra no quarto onde a mamãe está. Ouço-o desde que pisa o linóleo da entrada, depois quando segue pelos degraus atapetados. Quando entra no nosso quarto, preparo-me para lhe dar um beijo e dizer "oi", mas ele enfia a cabeça no seu bercinho e me ignora. Eu conto um, dois, três, quatro: sei segurar o ar.

Caçulinha que não fala, balbucia bobagens que ninguém entende. Papu, tata, papa, upa. Corre que eu pego você, corre que eu... Como você se chama? Qual é seu apelido? Diga o meu nome, só peço isso, me chame com sua linguagem primitiva. Não tolero que me olhe sem saber quem eu sou, sem sequer pronunciar minhas sílabas. Você tem o peito chato e o quadril estreito. Fica se mexendo sem graça, balança braços e pernas sem controlar nada direito. E se eu a levar para passear de carrinho e a largar no meio da rua? "Juro, mamãe, virei as costas um segundo e — zás! — a menina não estava mais lá. Alguém a raptou, o homem do saco, ou então uma cigana que vivia tirando a sorte na praça. Fiquei a tarde toda no balanço para ver se ela voltava ao lugar dos fatos."

Púbere intrometida, o que você quer que eu entreveja no seu olhar assustado, ainda muito acinzentado para que se vislumbre seu azul miscigenado. É, acabou rimando, e daí? Não posso falar como se fosse um poeta? Você me oferece um sorriso lactante, e eu cruzo as pernas e sorrio de volta. Acaricio seu cabelo descolorido e lhe dou um petisco cru, mas nutritivo. Um bocado para o seu focinho de peixe. Quer ser minha esposa, casar-se comigo para toda a vida ou durante estes sessenta segundos? Coloco uma venda nos seus olhos como cabra-cega que perde uma prenda a cada vez que erra. Estamos no quarto sem luz, enfrentamo-nos na escuridão. Prenda, prenda! A cabra errou uma de suas corridas. Mas depois fiquei parado, e vi tudo preto com o golpe que você me acertou no final da brincadeira. Pisca um olho para mim, miudinha, já que é tão esperta, se souber quem é o assassino.

Siamesa querida, fraterna consanguínea, vamos brincar enquanto espero que você se torne minha namorada, minha senhora, minha mulherzinha, mulher à toa. "Traga meu jornal, sirva-me o café da manhã, gosto do café mais forte e com menos açúcar." Anteontem soube que eu era o escolhido. Sonhei com você, que já tinha dentes. Mas só duravam algumas horas e depois caíam. Eu os levava à boca e ia triturando-os com meus molares, e depois os cuspia debaixo dos lençóis. Sua caminha, um cemitério de incisivos, gengivas e molares. Menina, não se assuste, sou o doutor, exponho meu impressionante instrumental, o coração pulsa, a bundinha está assada, óleo toda noite. "Abra a boca, língua para fora, diga ah, respire fundo, abra as pernas;

isso, sem medo, é só para ver se está tudo bem." Como todo bebê, você uiva de fome nas almofadas de cetim dos bercinhos, ainda continuo aqui ouvindo, eu me pergunto quando é que você vai parar ou fazer uma pausa entre os lamentos. "Quer que eu me livre dela?", digo baixinho quando mamãe passeia nervosa. "Filho, falou alguma coisa?" Mas ela chora, e o que a gente diz não se ouve lá no jardim da frente, minha mãe presta mais atenção ao seu apetite voraz.

Mamãe diz alguma coisa ao telefone: "Não me reconheço mais, não posso cuidar dela, tenho medo de lhe fazer mal". Eu a observo, a pele transparente, a barriga saltada, as pernas magras, a mandíbula tremendo. Uma vez simulei um tombo estrondoso no chão. Tive a impressão de que meus ossos eram tábuas, como se eu fosse inteiro de madeira. Minha mãe correu pela escada, procurou um pano e o colocou com todo o cuidado em cima do meu colo. Eu me queixava, mas, quando vi que ela estava a ponto de cair no choro, disse que estava bem, que tinha sido só um tropicão. Ela me carregou nos braços até meu quarto para ter certeza de que eu não cairia de novo, provocando outro desastre.

"Miguel, sua mãe precisa de ajuda, vamos deixá-la descansar, vai vir alguém cuidar de vocês." Ouvi imóvel, dizendo a mim mesmo: "Mamãe, você não gosta mais de mim, admita isso, as pessoas deixam de amar aos poucos, de decepção em decepção, de tristeza em tristeza". Esfregava os nós dos dedos até arrancar um pedaço de pele, que ficava girando feito uma biruta; a verdade é que eu não sangrava pelo lugar onde havia me ferido. Eu agia como se não soubesse de nada. Antes que o médico chegasse, eu sabia que estava tudo arruinado, que nunca mais seríamos a mesma a família de antes. Sabia disso antes mesmo de pôr as meias e os sapatos para ir conhecer minha irmã no hospital no dia em que nasceu. Quando chegaram em casa, só em consideração a ela, agi como se estivesse feliz com sua presença. Senti toda a agitação da chegada — presentes, sacolas, portas — enquanto estava trancado no banheiro. Finalmente, desci as escadas repetindo a mim mesmo: "Nada mudou, continuo sendo o menino que reina no seu lar, o menino que sempre ganha dos outros".

A babá tem uma missão: garantir a si mesma que eu me comporte bem, e que você chore o mínimo. Nunca diz nossos nomes, nos trata com um genérico "crianças". Não percebeu que somos diferentes. Toda tarde a senhora ajoelhada, com os braços enfiados na água, me dá um banho e depois me espera segurando uma toalha grande. A babá nos leva até a praça e conversa com suas amigas. Fico brincando na caixa de areia, levei rastelos, baldes e uma pazinha. Abri uma vala comprida, com movimentos mecânicos, enérgicos demais. Senti-me um coveiro. Cavei outra vala menor. Minhas unhas ficaram cheias de grãos de areia. Quando me entristeci, comecei a fazer montinhos. A babá falava com a vizinha, fiquei ouvindo como se fosse algo que eu não soubesse do que se tratava: "A mãe está mal daqui". "Daqui" era um gesto que apontava com um movimento em espiral para a têmpora direita. Quando ela faz a faxina e passa com gestos bruscos o aspirador no nosso quarto, penso, a julgar pelas mastigações turbulentas da máquina, que ela parece engolir cadeiras, cortinas, brinquedos, e que um dia você poderia desaparecer por aquele tubo.

Houve ocasiões em que me chamaram e me fizeram entrar em casa e ficar impecável porque teríamos visitas para ver minha irmãzinha, mas ninguém reparou na minha calça limpa, nem nos meus sapatos engraxados. Escondo sua chupeta e você tem um ataque, fica roxa, abre a boca, que é como uma caverna de estalactites. Não venha se queixar comigo, acalme-se. Não se altere. Uma voz nos chama: "Filhos, o que estão fazendo?". Acho que eu disse o seu nome bem baixinho e fechei a porta. Agito o chocalho para não ouvir seu choro entrecortado, que agora se converte em soluços. Tampo os ouvidos e seus gritos agudos trespassam meus tímpanos. Pego o elefante de pelúcia e faço gracinhas. Não suporto vê-la chorando. A tromba felpuda toca seus lábios, você franze o nariz. Cubro-a com força com a mantinha de crochê que mamãe fez enquanto você crescia impaciente na barriga dela, delineando seu corpo monstruoso.

    Bebê intrometido, que só cruza olhares comigo, o que será que esconde entre as sobrancelhas? Coloco-a no trono como a segunda, e eu como o primogênito. Acaricio minha coroa de soberano, você é minha súdita, pequena preguiçosa, que só sabe dormir. "Tchu-tchu-tchu, meu benzinho, durma bem, meu anjinho." Nossos pais querem nos unir, que nos sintamos um só, que eu cuide de você quando chora, que lhe faça companhia quando estiver sozinha; se acontece alguma coisa, a culpa é minha; eu sou o malvado, o horripilante criminoso. Quer saber? Estou cansado de tanta injustiça. Mijona, mamadora, melequenta. Criança desdentada, uma hora vão crescer seus caninos, e você irá afiá-los ao longo da vida. Está na hora de desmamar. Vou contar: um, dois, três; o ganhador é sempre um só, o outro sobra. Você ou eu? De quem você gosta mais, mamãe? Não vale mentir, é impossível gostar igualmente de dois filhos, nunca é exatamente igual. Não se emocione, não sinta pena de si mesma. Cabritinho, uma careta sua me irrita, uma careta de desprezo, uma língua pequena que estala e zomba dos meus dilemas. Que tal eu lhe dar um banho? Tirar este seu cheiro ácido e fazê-la relaxar. Pego os patinhos de borracha que já foram meus, abro a torneira, ouço o barulho da água, faço rodar os brinquedinhos de plástico flutuando. Tiro o seu vestido, deixo-o no chão, demoro um pouco, livro-a das fraldas, enquanto me concentro nas borbulhas de sabão, e a coloco nua na água morna. Você me olha com gratidão, apertando os olhinhos cinzentos. Respire comigo, vamos. Crio coragem, antes de saber de quem mamãe gosta mais, afundo-a na tina. É brincadeira, não fique roxa desse jeito, você fica feia, estou só brincando. Um... o único herdeiro do amor da mamãe; dois... o preferido sou eu. Vamos, tente respirar. Três. Um. Dois. Três... Múmia se fez.

A língua dentro da boca podia preservar o sabor que está a ponto de se extinguir. Esfregava os nós dos dedos até arrancar um pedaço de pele, que ficava girando feito uma biruta; a verdade é que eu não sangrava pelo lugar onde havia me ferido.

MEIO CORPO PARA FORA NAVEGANDO PELAS JANELAS

A partir de certa idade, o feitio do coração já está formado, com seus volumes redondos e duros, suas cavidades e curvas confortáveis, seus cantos secretos e seus descaminhos. Se algum carinho deve encher este coração, terá de encaixar com as formas.
MANUEL DE LOPE

Diga, há quantas semanas não fazemos sexo? Está tudo tão previsível entre nós: o gosto da saliva, os beijos pela metade, os corpos que se separam sem afeto. Sinto falta daqueles beijos em que as línguas ficam grudadas como ventosas. Sei de antemão quantos orgasmos você vai ter. Qual foi nosso recorde? Três? Quatro? Seu corpo ganhando uma consistência espessa debaixo dos lençóis, e o gesto brusco que você faz de levar a mão até a gaveta da mesa de cabeceira para pegar no escuro o comprimido de anticoncepcional que tinha esquecido de tomar. É um trejeito terno e ridículo, porque, na sua idade, é muito improvável que você ainda seja fértil. Só de pensar na hipótese de engravidar depois de eu ter gozado dentro já a deixa tensa. Tem razão, estamos velhos para criar um bebê. Já imaginou? Seria um desastre, dormir menos, discutir mais, as despesas aumentando, sendo que mal conseguimos manter a cabeça fora d'água a cada fim de mês.

Vejo seu corpo no espelho do guarda-roupa, enquanto você se veste com displicência. Volta e segura minha mão, seu afeto não me comove, suas carícias não me excitam; sinto-me vazio. É isso mesmo, sinto-me à deriva, velho, mal tendo completado cinquenta e três anos. Não sei nem com quem poderia comentar esse meu desconforto. Pensando bem, olhando a distância, meu tédio é igual; meu desejo de solidão, idêntico; minha ânsia de silêncio, a mesma; quero simultaneamente que você me ame e que não me ame. Ajeito a foto de nós quatro na mesa, você, eu e os dois filhos que agora moram no exterior. Pergunto num tom de conversa amigável por que não somos mais os mesmos; por exemplo, por que já não somos iguais aos dessa foto batida em algum verão no litoral, quando a gente passava a vida planejando as férias. Era nossa pequena ilusão no meio de um ano chato, porque nenhum dos dois estava à vontade no emprego: chefes mal-humorados, escritórios mambembes com divisórias de isopor e teto baixo, colegas medíocres que só tinham um brilho nos olhos quando contavam piadas de duplo sentido. Então, por volta de agosto, brincávamos com destinos possíveis e impossíveis: praias nos trópicos, capitais do Velho Continente, lugares bíblicos no Oriente Médio, paragens exóticas no Sudeste Asiático, as pirâmides do Egito. Abrir mapas, consultar preços de passagens, imaginar roupas. Finalmente, acabávamos pegando algum pacote promocional pela América do Sul e éramos muito felizes naqueles voos apertados, nos passeios em grupo, curtindo o café da manhã continental (o que há de continental num café com suco de laranja, torradas com manteiga e geleia?); tirando aquelas fotos de sempre debaixo do Cristo Redentor, no Rio de Janeiro, junto à porta do centro antigo de Cartagena das Índias, encostados na pedra sacrificial de Machu Picchu, afundados na areia da Ilha de Margarita. Sete noites, seis dias para renovar nossa felicidade. Tania, o que estamos fazendo conosco? Você não responde, não olha para mim, continua arrumando sua roupa, não tem uma resposta, nem eu.

Não, não é um problema de atração física. Gosto de suas nádegas pequenas, suas coxas grossas, do decote generoso.

Apesar dos anos juntos, ainda gosto do seu jeito de fazer espirais com a fumaça do cigarro. Gosto da sua malícia distante, do seu jeito de curvar os ombros, os ossos saltados da clavícula. Adoro sua voz um pouco afônica, reconheço que tenho uma leve ereção toda vez que você pega o telefone e diz o seu característico alô anêmico. Confesso que sua anatomia me atrai, as noites em que você lê um livro como se estivesse aferrada a um amante; eu nunca consegui ter essa paixão pela leitura, pego uma revista e largo depois de quatro páginas. Tenho sentido ciúmes desses volumes que você empilha na mesa de cabeceira, desse mundo que você cria com eles, tão distante, quando seus olhos ficam grudados neles e você sorri sem perceber ou ergue as sobrancelhas ao virar a página.

O problema é de manhã, quando vejo você através da cortina de plástico depilando as pernas com a lâmina de barbear. Não suporto ver sua silhueta curvada, passando sabonete nos genitais. Em seguida, aquele "bom-dia" seco, porque você sempre acorda mal-humorada. Sai do banho com a pele das maçãs do rosto esticada depois de aplicar creme hidratante. Cá entre nós, quanto dinheiro você gasta nesse banho entre creminhos e géis. Acho que há mais promessas nesses produtos do que em nós mesmos. Será que entendemos nossas mudanças? Foram poucas ou muitas? Quer café com leite ou chá? Desde quando você está tomando chá? Já sei, desde que começou a sofrer de colite. Na hora do café da manhã, eu sonhava ver você de penhoar, penteada, sorridente, imaginava você beijando meu pescoço, comendo as migalhinhas das torradas no meu peito, descendo a palma da mão até meu quadril, segurando meu pênis e reanimando-o como se fosse um paciente terminal. Mas não. Nunca. Agora menos ainda. Há quanto tempo seus lábios não percorrem mais a trilha da felicidade, como a gente chamava essa fileira de pelos que nasce no umbigo? Há quanto tempo minha cabeça não afunda no seu púbis? Há quanto tempo eu não entro em você logo de cara e a descubro úmida, pronta para montar em cima de mim? Agora precisamos fazer uma verdadeira coreografia estudada para conseguir primeiro relaxar, depois nos excitar. Não gosto de sentir você ordenhando minha ereção, nem do toque de seus mamilos flácidos no meu torso. Testo a água do chuveiro com o dorso da mão, hesito, sinto um calafrio. Nunca entendi esse prazer de tomar banho com a água fervendo. A que entra no banho e a que sai são duas mulheres distintas. Ao longo do dia, você tem muitas idades. Nasce opaca pela manhã, é um mistério à tarde, fica radiante à noite, aparece e desaparece pela mesma porta interpretando vários papéis. Temos crescido nos calando, fechando os olhos de vez em quando.

No nosso quarto há uma ausência épica, um horizonte delimitado. Respira-se uma quietude provisória no ar, uma atmosfera de sala de espera. Fomos ressecando por dentro, areias, pedras, resquícios de emoções, nada inteiro se movendo, nenhuma folha viva de amostra, e as pessoas não reparam, sonhos, restos de sonhos, fragmentos que me inquietam, alguém que não consigo distinguir. Em casa há sempre alguma coisa que não funciona. O chuveiro avariado inunda o chão, molha as toalhas. Trincos que não fecham direito, torneiras que pingam, luzes que não acendem. Não me odeie por ser desajeitado, não sei nem trocar uma lâmpada. Você sai do quarto com uma bolsa a tiracolo. Aonde vai? Não, não me animo a perguntar. Hoje é sexta-feira, dia da faxineira. Vai passar um pano distraído pelas camadas de pó, dar um trato na louça, irá embora depois de comer o último pãozinho fresco. Vai arrumar a cama contando quantas aréolas novas apareceram desde a última vez que trocou os lençóis. Confesso que isso me constrange, pelo mapa dos lençóis vai descobrir as marcas da nossa pobre intimidade. Quantas aréolas? Três? Quatro? Uma noite foram duas vezes. A do sábado? Já nem lembro mais, os dias são iguais, as aréolas se espalham como redemoinhos.

Quer saber o que estou fazendo no trabalho? Faço cálculos, controlo faturas, pago o pessoal, os fornecedores, o proprietário, monto balanços, calculo porcentagens. Apesar do trabalho rotineiro, estou totalmente desperto por dentro, há um ruído ensurdecedor dentro da minha cabeça, sou um animal velho, com os olhos cheios de neblina, os dentes rangendo, encarapitados na borda avermelhada das gengivas. Quero pedir que você suba comigo ao precipício. Você pode, Tania, embora não tenha mais a mesma intensidade, a mesma soltura, a mesma volúpia. Chega uma idade em que a mulher se recolhe, já não vibra no meio da rua, mas, se você chega perto, transpira uma força interior que o deixa mudo. É assim que eu a vejo, guardando um fogo ancestral, e eu perseguindo as fagulhas.

Estou cheio de pensamentos desfeitos, neste poço diário você está comigo. Temos de entrar no ócio dos dias. Vivemos na mesma cidade alucinada que contemplo pela janela. Ouço o abatimento entre as minhas mãos, o seu passo compassado. Preciso que você ame meus cabelos grisalhos, meu queixo pontudo, minha boca firme. Dê uma olhada em mim, de cima a baixo. Olhe para mim, veja como estou, ainda apaixonado de cabo a rabo por você, mas você já nem me vê mais. Acredite, sua náusea me pertence, seu fastio é meu. Embaralho fantasias como a um maço de cartas, para encontrar aquela que altere esse clima morno de nossa convivência. Movemo-nos numa dinâmica pausada, sem entusiasmos excessivos. Quando éramos mais jovens, eu chegava em casa com flores de presente. Era heroico andar com o buquê e ganhar sorrisos enternecidos das mulheres com quem eu cruzava na rua. Agora chego com vibradores e anéis rugosos, líquidos intensificadores de sensações, dentro da minha pasta. Um catálogo de dildos de variados tamanhos e formatos. Tenho certeza de que a pornografia nos salvará. Pena que você não goste de se fantasiar, na loja vi uma touquinha de enfermeira que me encheu de ilusões. Mas não me queixo, sua lingerie é sugestiva: rendas, cintas, broches. Uma vez cheguei com um filme XXX, e dez minutos depois você bocejava, disse que odiava aquele sexo plástico, iluminado demais. Era verdade, um homem com todos os seus músculos calculadamente destacados com óleo pedia um boquete a uma mulher loira siliconada e a outra mulher asiática, alternadamente. As mulheres não conseguiam disfarçar a cara de tédio, faziam a tarefa de forma disciplinada enquanto pensavam em outra coisa. A cena estava saturada de luz, parecia a vitrine de uma loja de shopping. Quando chegou a hora de trabalhar, porque aquilo era um trabalho, o corpo atlético penetrou o ânus da loira com movimentos mecânicos e empurrões mais bruscos. Acabou bem depressa e, numa evidente manobra de edição audiovisual, no instante seguinte já fazia sexo pela frente com a fêmea de olhos puxados. É difícil satisfazê-la, e digo isso em todos os sentidos. Li no jornal um artigo científico que garantia que as mulheres depois dos quarenta têm um aumento da libido graças à dose maior de testosterona. Tenho comprovado que é assim, você ficou mais exigente. Mas a testosterona também alojou uma nuvem de penugem acima do seu lábio que você ainda não percebeu.

Ontem transamos. Eu tinha me esquecido completamente do polegar na base dos seus quadris, esfregando-a devagar para baixo e para cima. Tinha me esquecido completamente do joelho abrindo caminho, do quanto me excita a sucção dos dedos. Fui penetrando-a com suavidade, sentia a pele dos testículos esfregando-se contra o seu períneo, guiando minha ponta através de sucessivas membranas. Você dobrou os joelhos sobre meus ombros e comecei, docemente, a suspirar. Sei perder-me por completo em você. Trocamos de posição uma e outra vez. No final, você consentiu e terminei em sua boca. Estive a ponto de dizer obrigado, mas fiquei com a impressão de que seria patético, adoro gozar desse jeito, sei que você detesta, mas, vamos lá, uma vez de quando em quando. Vai escovar os dentes para tirar o gosto? Tem gosto de quê? É amargo? O que me diz?

De uns tempos para cá, minha pressão arterial é o centro das minhas preocupações, das atenções da família, o ponto para o qual todos convergimos assustados pela ameaça de um infarto do miocárdio. No seu caso, giramos em torno da mamografia semestral, atentos àqueles nódulos que nunca se sabe quanto são benignos ou malignos. Nossos filhos ligam, perguntam, vira quase o fio principal da conversa, porque não temos muito mais coisas a lhes contar. Eles, preocupados, sempre comentam que estão bastante ocupados no trabalho, no laboratório. Ismael e Fernando, ambos cientistas, nem tentam explicar o que estão fazendo, respeitam nossas limitações. Ismael faz alguma coisa com enzimas, mas não entendo muito mais. Fernando trabalha com robótica e neurologia, e pronto. Como está o colesterol, o índice prostático? Como estão as mamas fibrosas, as ultrassonografias? Na realidade, a verdadeira razão dessa distração médica (exames, check-ups, parâmetros) é que já não acreditamos mais um no outro.

Comecei a prestar atenção às mulheres na rua. Cuidadosamente perfumadas, cuidadosamente bem-vestidas, quadris sinuosos, decotes delicados. Tenho observado você na rua, sedutora com o mundo. Caminha e alisa a saia, ajeita a blusa, retoca a cabeleira ondulada. Não fizemos nenhum pacto explícito, mas começamos a sair sozinhos de segunda a quinta, impondo uma estranha ordem à nossa rotina. Sei que você passou em casa quando a camada de pó nos móveis fica mais fina, quando vejo na máquina de lavar as camisas dando voltas a cotoveladas e soltando bolhas no visor, quando encontro restos de caspa na escova de cabelo, quando uma mão invisível recolheu os pedaços de papel higiênico que eu pico para curar os cortes que faço ao me barbear, e também quando sumiram as gotas de urina no vaso da privada. Eu me espanto com seus cabelos castanhos na pia, com a espuma da sua urina quando você esquece de dar descarga, com pasta de dente salpicada no espelho, a toalha de mão mal pendurada. Não vale a pena afligir-se, acho que todas as etapas de um casal têm sua felicidade particular: o encanto dos primeiros tempos, o companheirismo quando os filhos são pequenos, o orgulho quando viram bons cidadãos, bons profissionais. Qual será o signo deste momento? Ainda não descobrimos. E agora o quê?

O seu gesto de mão me afastando, as responsabilidades que nos ligam ao dia a dia. Pagamos as dívidas, educamos nossos filhos, nós os mandamos ao ortodontista assumindo o tratamento em milhares de parcelas para que, no final, acabassem com os dentes tortos. Fizemos todas as tarefas, e para quê? Você acha que os políticos que se dirigem a nós se importam conosco? Quais são as concordâncias que querem de nós? Somos um casal de três décadas, dois filhos, um aborto espontâneo com gravidez avançada, um filho com um tampão no olho por três anos. Você troca os óculos de longe pelos de perto para ler o romance da hora. Faltam uns grampos no cabelo, os botões do pijama estão desacertados. Olhe para mim, as coisas se despedem de nós, os batentes das portas desalinhados, os pratos gastos, um azulejo trincado. Digo tudo isso em meio a um vislumbre de armários, um deles com a porta sempre aberta por falta de dobradiça. Esboço um sorriso com medo de lhe desagradar. A família estendida me cansa, os amigos que frequentamos também. A partir de que momento começamos a nos cercar de pessoas cujo passatempo preferido é dormir, que falam de modelos de carros ou da vida das celebridades como se fossem pessoas próximas? Os homens são piores que as mulheres, vocês têm a sedução da vida doméstica. Deixam-me irritado quando ficam falando da sorte alheia, eu me distraio, penso no gel morno que facilita o sexo anal, no vibrador de três velocidades que compramos há um mês, nas esferas chinesas que deslizam por nossas cavidades. Quero perguntar se eles têm brinquedos eróticos. Onde é que os esconder? Há quanto tempo experimentam a sodomia, antes ou depois de ter sido proibida por lei? Direi sodomia para que mais de algum ignorante pergunte do que se trata, e com certeza, quando eu explicar, vão falar bobagens, fazer alguma brincadeira homofóbica. Para mudar de assunto, perguntarei se alguém já experimentou sexo a três, para depois pegar o casaco e irmos embora.

Quando ficávamos em casa, também tínhamos meio corpo para fora navegando pelas janelas de internet, messenger, facebook, skype; toda essa ridícula rede social de amigos ilusórios e falsos amantes. Fomos traçando nosso próprio labirinto quando meu único desejo era prender você. Deveria ter-me oposto à ideia, mas fui torpe, medroso, não coloquei limites no devido tempo. Olhava minha caixa de correio lotada de mensagens que me vendiam Viagra barato, ou técnicas de *enlarge your penis*, ou mulheres que se ofereciam em sites. Abria essas mensagens, lia concentrado, para ver se alguma coisa dava fim a esse desassossego. Perdi-a de vista e fui ao caralho. Quando quis deter o plano, só me saiu um fiapo de voz que serve para gemer ou suspirar, não para dizer "chega, o jogo termina aqui, ou a gente para ou salto fora". Entendemos as coisas quando despencam sobre nós. Você é mais apta a ficar dentro de uma fortaleza e rechaçar assédios.

Dei uma olhada meio furtiva para ver o que você fazia naquele quarto, que antes era dos nossos filhos, e do qual agora se apoderou. Você estava com o computador ligado, esgueirei-me e você baixou rapidamente a saia e as pernas apoiadas na mesa, mas na webcam ainda perdurou sua vulva exposta ao oceano virtual. Você abria e fechava as pernas. Várias tomadas flutuavam: uma zona depilada, outra com pelos enroscados. Numa das cenas, dava para ver com nitidez o botão do clitóris e depois se insinuava o sulco do reto. Você escondia uma mão por baixo da mesa. De costas, notei o sutiã caído, o fecho solto e as alças enredadas. Você deixando-se desnudar, você nua, inerte, não exatamente inerte, mas é difícil de explicar. Você com outro homem, em outro lugar e em outro tempo. As mãos que chamavam desde a tela, um pedaço de carne rosada e túrgida saindo de uma calça, uma mão deslizando devagar para frente e para trás. Sucessivos alarmes que suplicavam à "laguerrillera" que voltasse ao que estava fazendo. Você, imperturbável, massageava o pescoço, avançava o queixo, com certa frouxidão enunciava a demanda implícita: "Saia, não invada meu espaço".

Saí vencido e mergulhei na rede. Passeei por várias páginas de sexo grupal, uma massa de corpos, homens e mulheres abraçados, garras cravadas na carne, bocas cheias de dedos, sexos, pelos. Movimentavam-se sem graça, balançando pernas e braços, agitando suas carnes flácidas nas sacudidas, deixando à vista peles manchadas, seios gigantes, rugas, cicatrizes. Em outro site, havia uma simulação de jardim da infância, cada integrante brincava sentado no chão, com um ar de curiosidade fingida, com vários pênis de borracha, bonecas infláveis. Sentia muito desejo de um bom boquete, de uns dedos enfiados no meu cu, mas tinha de me conformar com aquela dimensão irreal. Concentrei-me na página dos anúncios de contatos e encontros casuais ponto com, e depois nas salas de chat, conversas e troca de fotos, descobri três mulheres a fim de sexo, mas que moravam na Ucrânia, em Sydney, na Argentina. O que faço? Pego um avião para uma foda de vingança? Na verdade, não sinto tanto tesão assim por bocetas esculpidas com pixels, por frases indecentes.

No fim de semana, você me propôs sair para dançar. Você se arrumou como havia tempos não fazia. Enfiada num vestido insinuante, as pernas sustentando o tecido entre o barulho dos saltos altos precipitando-se na avenida. Eu espreitava a sombra dos seus quadris que, mais tarde, abririam caminho nas paredes da discoteca. Na pista, havia três ou quatro casais, notei que você reparava mais num deles, ou melhor, no homem daquele casal. Num dos giros, você cruzou com o olhar complacente dele. Você me chamou para dançar. Dançamos com calma, juntinhos, em silêncio. Num ritmo mais animado, você lhe ofereceu suas costas nuas, depois se distanciou um pouco de mim para lhe mostrar seu decote. Ele, com seu sorriso remoto, aceitou o convite. Com as suas mãos nas minhas costas, sei que você girou os pulsos desenhando carícias no ar. Ele com certeza imaginava como iria enredar os dedos na sua cabeleira morena; você umedeceu os lábios. Não estou vendo, mas adivinho o leve movimento da sua boca. Eu me perdia no ritmo da música, nas luzes de neon, nos brilhos da esfera estroboscópica. Ele já não tinha o menor interesse no corpo adjacente de sua parceira, nem via nada mais excitante do que aquela mulher que girava ao lado dele envolvendo outro homem, que era eu. Sou a testemunha privilegiada da força impiedosa que vai me afundar. A música parou. Já de volta à mesa, terminamos a bebida deixada pela metade. Ele fez como quem sussurrava alguma coisa no ouvido da mulher, mas, na realidade, soletrava uma mensagem que você leu em seus lábios. Enquanto eu acendia um cigarro, percebi o brinde secreto que vocês fizeram erguendo os copos e fazendo tim-tim no vazio. Ele e você pediram licença a seus respectivos acompanhantes para ir ao banheiro. Esperei prudentemente um tempo e segui pelo mesmo caminho e, depois de percorrer um longo corredor, vi que o cartaz que indicava banheiro de mulheres balançava sobre a porta. Meus joelhos bambearam, minha vista se ofuscou. Andei rápido até a saída, mas antes peguei o paletó afundado no sofá.

Tania, você voltou ao amanhecer. Encontrou-me enfiando camisas, meias e calças numa mala aberta em cima da cama. Tudo mal dobrado, uma ponta de cobertor presa ao fecho, a etiqueta da companhia aérea da última viagem pendurada. Furioso, fiz amor com você como nunca. Beijei seus lábios de tormenta, meus dedos acariciaram sua nuca úmida. Entrei numa arremetida só; enquanto me acostumava à quietude ali dentro, acalmava minha ira nas suas vísceras, percebia o manancial de sêmen, me sentia uma marionete sem cordões. Assustava-me a pulsação do sangue nas orelhas, umas gotas de suor na parte baixa das costas. Minha língua dura e firme entrava e saía tropeçando em seus dentes. Mal, tudo ia mal, temendo o infarto, as arritmias e a pontada nas têmporas.

Eu, contido, a entonação de costume para enunciar as perguntas que espreitavam: "Como foi? O que ele fez com você? E você, o que fez?". Você dando-me as costas num gesto de desdém. Virando-se para mim com apatia. Meus ombros derrotados. Minhas reticências, um fiapo de voz, e eu: "Meteu por trás também? Doeu mais ou menos do que comigo?". Enquanto isso, você me observava com altivez. "Tomou precauções? Quantos orgasmos teve?" E você categórica, num silêncio de ponto-final. Assim, sem entonações, sem sinais inconscientes, eu insistindo: "Vocês vão me convidar da próxima vez?". Sejamos honestos, faz mais sentido sexo a três com dois homens e uma mulher. Você baixou o olhar, sem ânimo para explicações. O lábio inferior tremendo, fazia anos que você não demonstrava ternura por mim. Em vez de um "cai fora, isso acabou": "Estou aqui". Os murmúrios cessaram, ouvi o roçar nervoso dos dedos tingidos de tabaco, seu rosto intacto na moldura das fotos penduradas na parede. Você segurou meu queixo, me olhou fixamente e foi até o escritório, fechou a porta, e ouvi o barulho do computador sendo ligado. Andei até a sala com cautela por causa do coração, do diabetes, de uma veia no cérebro. Exatamente da mesma maneira, eu mais uma vez constrangido, mas em frente à tela, sem tempo de ficar inventando pseudônimos. Mergulhei no chat e convidei o contato com "laguerrillera", que me aceitou na mesma hora. Foquei a câmera, fazia tempo que você não me sorria com tanto frescor. Você afastou o cabelo sabendo do efeito desse seu gesto em mim.

Você se desnudou devagar, apareceu um seio, o outro. Dirigiu o foco para o triângulo escuro do púbis. Sua mão esquerda já não trazia mais a aliança de casamento. Uma palpitação repentina, estamos a cinco metros de distância, mas me descubro examinando uma estranha, apesar de conhecer cada centímetro do seu corpo. Sua pele parece mais saudável de longe; sua boceta, maior. Olhei absurdamente para trás, caso alguém estivesse espreitando. Fiquei atento aos movimentos circulares, aceitando o protagonismo que você me propunha. Por uns segundos me perguntei o que aconteceria caso eu não o fizesse, não estava a fim de me render antes da batalha. Uma postura, outra, um jogo de mímica. Nada de gestos demasiado bruscos, e sim morosidade, é desse jeito que a vontade toma forma. À medida que você exibia essa vida na tela, fortes rajadas de ar fresco atravessavam um lugar no qual você havia muito se asfixiava. Em alguma parte, encaixava-se com certa continuidade a sua cena na minha, fundiam-se os closes simultâneos, ia sendo escrito o roteiro desta história de sensações num contínuo crescente. Mas eu habitava apenas este aqui e agora, no qual você era anonimamente minha, e segui insistindo com obscenidade nesse jogo de luz, câmera e ação.

Olhando a distância, meu tédio é igual; meu desejo de solidão, idêntico; minha ânsia de silêncio, a mesma; quero simultaneamente que você me ame e que não me ame. No nosso quarto há uma ausência épica, um horizonte delimitado. Respira-se uma quietude provisória no ar, uma atmosfera de sala de espera.

A NECESSIDADE DE SER FILHO

> *Como iriam me servir essas coisas de pratos distantes, quando o próprio lar já estaria partido, quando nem mãe aparece em meus lábios. Como iria eu almoçar nada.*
> CÉSAR VALLEJO

Nasci entre frases de pêsames, "tudo vai se ajeitar", "vão tocar a vida em frente", "filho é sempre uma bênção", "tudo tem alguma razão para acontecer". Eu me pergunto: por que você não se masturbou ao lado dela? Ou gozou fora? O que fazia um garoto de uniforme escolar ali, recebendo seu filho no hospital? E aquela franguinha que quase teve o útero arrancado porque quis dar uma de sabida? Não havia nenhuma farmácia por perto? Nunca ouviram falar da história da sementinha? Não podiam ter medido a temperatura e saber o dia certo da ovulação? Como dois cães no cio; e eu caí no colo deles como um presente inesperado, para sempre. Nasci parado, quase asfixiado, ameaçando rasgar as entranhas da minha mãe, obrigando-a a uma cesárea de urgência que salvou a vida de ambos. Depois, como se fôssemos três irmãos, dividimos o mesmo quarto, até a mesma cama. Naquele tempo, quem chorava mais, vocês ou eu? Eu não deixava os dois dormirem com meus berros. Meu pai fez as provas finais nas férias, minha mãe no ano seguinte. Nenhum dos dois foi bem nas provas de ingresso para a universidade.

Mas vocês não eram um par de adolescentes qualquer, queriam fazer a revolução, então eu era um duplo obstáculo, impedia os dois de viver a juventude e de fazer política. Nasci ouvindo música de protesto, rock dos anos setenta, cultivando o ouvido com muitas melodias desgarradas. As primeiras palavras que aprendi foram: valores, ideologia, partido, povo. Palavras que, eu imaginava, meus pais pronunciavam com letras maiúsculas.

No verão seguinte, papai foi para o Sul para uma reunião das alas jovens do partido, não soubemos nada dele por três meses. Um vizinho começou a rondar mamãe. Trazia livros, os dois pintavam faixas, iam a reuniões clandestinas — de que eu também participava, com meu livro para colorir. Uma manhã ele veio buscá-la com um lenço cobrindo a boca, que ele ajeitou tão mal que, em vez de estratégia de clandestinidade, parecia mais um jogo de sedução vulgar. Aquela noite, ficou para dormir. Pelo biombo do quarto eu ouvia os gemidos e as risadas de duas pessoas que se gostam. Numa evidente artimanha, voltou no dia seguinte com um presente para mim, uma pista de autorama que fazia muito barulho. Eu teria achado melhor um trenzinho elétrico, com aqueles apitos intermitentes e seus trilhos sinuosos. Quando papai voltou, houve intensas discussões, e todos os vizinhos ficaram sabendo, e as grandes palavras de sempre se lançavam como bumerangues: valores, compromisso, ideologia, partido, povo. Não sei se nessa ordem, mas com essa frequência: valores, compromisso, ideologia, partido, povo. Eu desenhava uma estrela de cinco pontas e fazia uma marquinha a cada repetição.

As reuniões clandestinas terminavam com todo mundo bebendo e vários casais dormindo no tapete da sala. Uma vez, um padrasto a quem eu me apegara apareceu em casa, mas de barba, peruca e sotaque uruguaio. Eu o olhava de soslaio, lembrava-me dele roncando na cama da mamãe e agora o via bancando o estrategista de alguma operação clandestina. Dali em diante, passamos a ser a família cromossomo 21: duas mães, três pais, cinco avós, tios multiplicados por toda parte. Morei em várias casas, pensões transitórias, apartamentos abandonados.

Quando perguntavam à minha mãe por que ela não continuara os estudos, ela pigarreava e apontava para mim com o lábio inferior. Era um gesto tão feio que não sei sequer imitar. Era um pouco injusta ao fazer essa acusação — eles é que haviam se arriscado, eu tinha pouco a ver com isso. Com o tempo, acabei compreendendo que simplesmente, em primeiro lugar, vinha o homem que você estava amando naquele momento, depois a causa política e, por último, eu.

A coisa que eu mais odiava era a palavra missão, que significava que meu pai ou minha mãe iriam ficar fora bastante tempo. Diante da minha resistência e do meu choro, repetiam a expressão mágica: "ordens do Partido"; "ordens do partido", eu dizia, com minúscula. Aquela expressão era resposta para tudo: mudanças repentinas de casa, ausências, separações familiares, trocas de casais. Tempos depois, entre os móveis procedentes de alguma mudança, li a notícia de um atentado fracassado e o nome das pessoas capturadas, e compreendi, numa tarde de calor sufocante, que meu pai estava preso num quarto apertado com o sol batendo obliquamente nos utensílios de barro. Acho que desmaiei enquanto os meninos suavam na miragem da canícula das quatro horas da tarde. Nunca tive coragem de ir vê-lo na prisão. Todos voltavam das visitas balançando a cabeça, comentando como tinha emagrecido. Preferi manter a imagem do homem inquieto, que fumava cigarros fazendo um arco com a mão na testa. Eu tinha uma foto do papai debaixo do travesseiro e falava com ele em voz baixa, toda noite.

Quando ele saiu da prisão, ficou em casa. Notei que estava mais carinhoso no trato conosco, nos gestos, no tom de voz. "O que está acontecendo com você e a mamãe?", perguntei. Os dois deram de ombros, ensaiavam frases sem dizer nada que fizesse sentido. Imagino que deve ser difícil um filho olhar para você com tanto desacerto, aguardando a resposta de dois pais desorientados. Ela apareceu no corredor, fez café, me indicou um lugar no sofá. Contou que estavam tentando de novo. "Tentando o quê?", perguntei. "Ficar juntos, você não fica feliz?" Mas, como esperado, a felicidade foi muito frágil. Um dia, mamãe chegou e anunciou solene: "Vou passar um ano na União Soviética. E estão mandando seu pai para a Romênia, é perigoso ele continuar aqui, podem prendê-lo de novo. Você vai morar com a Marta, vai ficar bem". Olhei fixamente para ela, sem entender o que estava acontecendo dentro de mim, contei até doze e saí batendo a porta.

Nunca viajei com vocês. Na minha época já circulavam várias histórias relacionadas a filhos de militantes. O fantasma da Operação Peter Pan acabou com todas as ilusões de minha mãe de que eu pudesse ir com ela. Comentava-se que, em Cuba, a CIA havia feito circular o boato de que o regime se apropriaria das crianças. Centenas de pais apavorados enviaram seus filhos em aviões para lares e orfanatos americanos. Os testemunhos eram dramáticos, anos de separação, crianças que cresceram sozinhas, abusos, meninos com ataques de pânico, identidades confusas. A outra história era sobre os filhos de *montoneros* argentinos, que tinham passado a primeira infância numa creche em Havana. Famílias com muitas crianças e poucos adultos, o que não deixava de ter um toque paradisíaco de brincadeiras e liberdades.

Passei meus catorze anos colecionando cédulas de rublos com letras em cirílico, selos com a cara de Lênin, tudo isso no quarto de uma amiga da mamãe que me acolheu em sua casa. Vocês viajavam por todo o bloco socialista e me mandavam postais. Meu pai teve um encontro com o Josip Broz Tito, ou Marechal Tito, recebi um envelope com o carimbo *Socijalistička Federativna Republika Jugoslavija* e uma cédula de vinte dinares. Virei colecionador de cédulas e selos por desespero. Saía para atender o carteiro prendendo a respiração, ele mal tocava a campainha, e eu já estendia a mão para pegar os envelopes estrangeiros com três selos e dois carimbos, de saída e entrada. Cada vez conhecia mais nomes, cidades, países que eu localizava no mapa-múndi pendurado na parede. Recortava o selo, punha-o na água até soltar a cola e colocava num álbum de folhas de papelão e papel de seda intercalado.

Enquanto Marta picava cenouras para o jantar, perguntei-lhe qual era seu papel no partido. "Cuidar dos filhos dos camaradas que estão em missão é cuidar da organização", respondeu, enquanto cantarolava uma canção de Silvio. Marta tinha uma filha de dezessete anos, Lili. Eu a contemplava sem conseguir disfarçar meu fascínio por seus cílios compridos, suas pernas firmes. Ela, mais consciente, trazia informações e me dizia: "Vou lhe contar a verdade". Perguntei a respeito de seu pai, e ela apontou para uma xerox grudada na parede, o rosto meio borrado de um homem com uma frase embaixo: "Onde estão?". Eu conhecia aquele cartaz e não disse nada. Por vingança, ela me revelou que eu era "filho do toque de recolher", o que não achei muito engraçado. Também fiquei sabendo o que acontecia com os filhos quando a família era sequestrada: despachados para fora do Chile, para casas coletivas na Suécia ou na França. Soube ainda da existência dos campos de detenção na cidade e na periferia, das cartas de pedido de asilo nas embaixadas; sabia o nome de cada uma das vítimas da Caravana da Morte. Fui o bichinho de estimação daquelas duas mulheres, me alimentaram, me abrigaram, tentaram construir para mim uma vida normal.

Minha primeira experiência foi com Lili. Ainda tenho a cena na minha retina, os dois procurando explosivos na adega do quintal dos fundos, para acabarmos arrancando a roupa um do outro. O que nos unia era uma biografia atípica, com a inocência própria da infância, mas atravessada pela decisão de nossos pais de empunhar armas. Perguntei se ela tinha alguma lembrança do pai. "Nenhuma", respondeu com raiva, enquanto me passava uma estaca. Fizemos uma barraca encostada a uma parede da adega, juntamos pedaços de pau, algumas tranqueiras e montamos nosso lar. Aquele era um lugar à parte, com leis próprias. Um lugar onde não penetravam os olhares dos pais ou das mães. Quando Lili tirava minha roupa, ia notando os pelinhos debaixo das minhas axilas e uma linha comprida e estreita de pelos castanhos que descia da minha barriga até embaixo. Às vezes eu exalava um odor ácido que já era de adulto. Ela me dava uma espécie de lição sobre palavras obscenas. Arrumou algumas revistas pornográficas e livros, exigiu que eu aprendesse de cor um poema do Século de Ouro, que depois eu sussurrava no ouvido dela. Lili tinha um calendário no qual marcava um dia com um círculo e os cinco dias seguintes com uma elipse. Eram dias em que nos tocávamos com a adrenalina do proibido, fazíamos manobras à beira do abismo, e ela me afastava quando eu ultrapassava a fronteira. Sempre senti que ela fazia aquilo como uma missão a mais, porém com a dedicação de uma disciplinada militante, minha aprendizagem amorosa estava em suas mãos.

Formávamos uma organização, como tudo naquela época, e ela era a chefe, eu, o subordinado. Brigávamos contra os maus, que eram os militares, em favor dos bons, que eram os nossos pais. Depois, passávamos às lições do desejo: como pressionar a mão no lugar secreto, apertar o botão com movimentos circulares, como se fosse o *joystick* de um Atari, deixar o dedo naquela posição, conter movimentos bruscos, saber esperar, reconhecer a umidade apropriada, dar beijos de língua sem roçar os dentes, procurar aquele intenso espasmo de olhos fechados num prado.

Marta não perguntava, creio que nem sequer suspeitava da natureza de nossa convivência, me via como um menino de catorze anos, e sua filha, como uma mulher de dezenove. Além disso, estava sempre ocupada, recebendo visitas, datilografando documentos. Lembro-me dela sentada no chão, com a máquina de escrever Olivetti em cima das pernas e os cigarros à mão, falando com estrangeiros, diplomatas ou intelectuais, em dois ou três idiomas, transitando de um para outro com uma mínima torção nos lábios. Tenho de reconhecer que, em alguma medida, me comovia aquele ambiente de solidariedade e urgência. Havia esperança naquele desfile de mãos que apertavam documentos com firmeza e saíam pela porta principal. Mais de um visitante havia perguntado se eu era "filho de". Marta confirmava, eles me lançavam um olhar solene, eu sentia uma mistura de autocompaixão e orgulho.

Ao voltar da sua longa viagem russa, que durou quase quatro anos, mamãe apareceu casada com o vizinho. Vestia-se de um jeito diferente, usava um gorro de pele e lenços de seda. Eu não sabia se devia recebê-la com um beijo frio ou se me atirava nos braços daquela mulher tão bonita. Foi difícil simular que éramos uma família com um homem que sempre me entrara atravessado. Naquela época, eu era um garoto no início da adolescência e sabia que, quando me sentava à mesa, não viam a mim: viam meu pai. Sua genética dominante tornava presente um progenitor que brilhava por sua ausência. Sei que minha semelhança física extrema, alguns gestos insuspeitadamente herdados, despertavam certa rejeição. Eu espetava a comida com o garfo e o levava à boca, com a cabeça afundada no prato para evitar olhares ambivalentes. Assim me blindava do que eu imaginava serem os pensamentos íntimos dele: "Aí está o homem que a engravidou, o que nunca manda dinheiro, o que nunca ninguém sabe onde está". O jovem revolucionário havia se tornado um aplicado funcionário de alguma ONG ecologista nos Estados Unidos, e a toda hora ficava desocupado entre um projeto e outro, ou entre uma assessoria ou outra. Eu não existo, ou existo para ninguém, dissolvo-me entre os trastes, sou uma coisa num canto, às vezes me descobrem na sala arrumando brinquedos antigos. Minha mãe e seu novo marido sempre jantavam tomando vodca, depois do primeiro copo ficavam confusos e falavam os preços em rublos, cantavam em russo, e no segundo copo já confundiam escudos com rublos entre risadas contagiantes. Sabia que era hora de ir para o meu quarto dormir usando os fones de ouvido. Então, ficava ouvindo músicas "sem mensagem", todo aquele repertório que mamãe definia com certo desprezo.

Fazia alguns meses que eu morava com eles quando houve o atentado a Pinochet, era um domingo, estávamos tranquilos quando uma edição extraordinária do noticiário *60 Minutos* nos sobressaltou. De manhã, eu ficara cuidando das minhas coisas, almoçamos juntos, e agora continuávamos juntos no chá da tarde, num esforço para retomar certa rotina cotidiana, que foi interrompida por expressões de espanto e decepção. O vizinho — nunca foi meu padrasto — insultava os responsáveis pela má pontaria. Mamãe estudava qual deveria ser a reação adequada diante do seu filho, disfarçava sua felicidade, sua culpada felicidade. Deixou escapar um "até que enfim acontece alguma coisa com esse filho da puta". Eu continuava concentrado no meu sanduíche de mortadela. O vizinho dava voltas por ali soltando frases iradas: "Tantos anos de treinamento, para quê?", "imbecis, frouxos, amadores, com certeza usaram granadas caseiras". Mamãe mudou o tom, "o caminho não é esse, agora a repressão será maior". Outro domingo cinzento, vários guarda-costas mortos, os olhos de fuinha do neto de Pinochet com escoriações pelos estilhaços de vidro. À noite foram pronunciadas várias vezes as palavras: guerrilha, Nicarágua, subversivos. Não sei por que, mas senti uma grande aflição e fui ver Lili, ela também estava consternada, nos trancamos no quarto, fizemos sexo, não houve tempo nem cabeça para pensar em precauções. Só havia a urgência, estar dentro dela, cair fora daquela história. Não olhamos o calendário, precisávamos nos proteger do futuro.

Meu pai veio para a minha formatura da oitava série, finalmente tinham tirado a letra L do seu passaporte, e ele passou pela Polícia Internacional mais velho, com a típica banha dos gringos, roupa de boa qualidade, mas de outra época. No jantar, após todos aqueles discursos e formalidades, tive por fim meus dois pais juntos, depois de anos. Pedi que guardassem silêncio, que não me interrompessem. É a minha vez de falar, ouvi vocês durante anos.

Vou lhes dizer, a revolução confundiu a juventude dos dois. Primeiro, a agitação dos eventos diários. Viver entre bombas, homens espalhados pelos vários esconderijos, os disparos de metralhadora à noite, o estado de sítio, o toque de recolher. Depois, as armadilhas e a nova escassez, os livros queimados, despojar-se dos pertences, o esconderijo na ruela. Mas querem saber? Vocês chegaram tarde à revolução, vinte anos depois, insistindo teimosamente numa coisa que não deu certo, porque a natureza humana é imperfeita. Alguma vez houve igualdade entre os cidadãos de um mesmo país? Houve em todas as pessoas as mesmas força e convicção de trabalhar para os demais?

Observando a distância, acho que em vocês se misturaram a efervescência da juventude e a revolução hormonal, porque os companheiros eram também parceiros, os grandes amores duravam, quando muito, algumas semanas, e já havia alguém novo em quem projetar a mesma revolução, mas com maior intensidade. Agora suspeito da valentia de vocês, acho que correram riscos desnecessários, encontraram uma forma de canalizar a adrenalina juvenil, atribuíram à "causa" seus problemas pessoais, sua instabilidade emocional. Acreditaram-se messias do futuro, portando armas, vestindo roupas camufladas, falando sempre do futuro na primeira pessoa do plural. Brincaram de fazer uma guerra, mas com soldadinhos de chumbo de um tabuleiro familiar. Não, não me olhem desse jeito. Tudo bem, confesso que existe um pouco de admiração, mas por que não viram em mim um soldado para suas tropas? O saldo para vocês dois não foi tão ruim assim, aprenderam idiomas, fizeram pós-graduação com bolsas de organizações internacionais, ganharam prestígio no exterior. Minha existência se mostrou inconciliável com os objetivos políticos que vocês tinham. Para os demais, vocês são um exemplo, e, para mim, dois egoístas. Venho de um longo trajeto de abandonos, não sou o único no mundo, eu sei, não acho isso, mas não consigo me livrar dos meus sentimentos. Dos meus desejos de poder contar com vocês quando não estavam. Há uma enorme necessidade de ser filho. Mas ninguém ficou comigo como primeira prioridade. Eu entendo, vocês imaginam que fizeram o que deviam fazer; ir às últimas consequências. Não quero julgá-los por terem motivações diferentes. Mas acho que os dois pecaram por soberba, imprudência, falso heroísmo. Pobres-diabos, vocês são um coquetel disso tudo. Houve um esplendor de bocas petulantes com palavras de ordem fatigadas, de receios infinitos sobre como se deve viver. Deviam ter dado um passo atrás e deixar passar a fila de mortos, afinal, o que seria possível conseguir com seus tímidos esforços? Enfim, cada um tem sua mentira vital, sem a qual a inexistência diária e cotidiana desmoronaria; a de vocês consistia em simulacros de coragem, de luta coletiva. Como vai sendo cobrado de todos nós o aluguel do mundo que habitamos!

O tempo que se seguiu não me deu trégua. Meu pai voltou para os Estados Unidos, minha mãe teve um acidente vascular que a deixou paraplégica e com dano cerebral severo. Eu me sentava ao lado dela e contemplávamos o horizonte. Eu falava e falava. Tenho uma suspeita de um mundo melhor. Vamos nos afastar da cozinha. Distanciar-nos dos copos, das colheres, das fotos de jovenzinha guerrilheira na geladeira. Não, vamos procurar as passagens de ônibus, os mapas, as malas de rodinhas, os manifestos, os pôsteres do Che Guevara. Olhe para mim sem pestanejar. Lili me ligou dizendo "parece que é, venha urgente". Em menos de uma hora eu estava na casa dela, naquela em que, por quatro anos, vivi um tempo tão especial. Ela me esperava com um kit comprado na farmácia. Deu-se um beijo rápido e entrou no banheiro. Sentado na cama, desdobro as instruções do teste, que mede a presença na urina de um hormônio chamado gonadotrofina coriônica humana ou subunidade hCG. Os cinco minutos de espera me parecem infinitos. Penso na minha infância, nos postais, na *Socijalistička Federativna Republika Jugoslavija*, no "Onde estão?", no sanduíche de mortadela, nos selos de Stálin, na tenda do amor, na máquina de escrever Olivetti. Lili vem até mim com a tira marcada com um sinal positivo em vermelho entre dois orifícios, até mim, que não gosto das somas nem das subtrações. E, claro, dispara uma metralhadora de recriminações: Por que você não se masturbou? Ou gozou fora? Por que continuou como um cão doido de tesão? Penso na enorme necessidade de ser filho antes de ser pai. Sinto uma grande vertigem e não sei com que ideologia poderia disfarçar minha falta de vontade de ser pai.

*Só havia a urgência, estar dentro dela,
abstrair-nos daquela história. Não olhamos o calendário,
precisávamos nos proteger do futuro. Cada um tem sua mentira
vital, sem a qual a inexistência diária e cotidiana desmoronaria;
a de vocês consistia em simulacros
de coragem, de luta coletiva. Como vai sendo cobrado
de todos nós o aluguel do mundo que habitamos!*

O INCÔMODO DE SERMOS ANÔNIMOS

Um coração talvez seja algo sujo. Pertence às ilustrações de anatomia e ao balcão do açougueiro. Eu prefiro o seu corpo.
MARGUERITE YOURCENAR

Toda vez que a lua brilha, dispensamos os amigos e os compromissos. Você está sempre sob o resplendor da noite. Entendi isso depois de ficar espreitando sua janela durante semanas. Você reapareceu num domingo como o do primeiro encontro; diante da minha cara de espanto me apontou a lua, pletórica como um globo. Pensei que essas coisas só podiam acontecer em cidades superpopulosas como esta, onde as casas de uns terminam nas dos outros. Faço o registro do tempo transcorrido no calendário pendurado na porta da cozinha.

Como todo domingo, nós nos vemos depois de ter feito um passeio, comido fora, tentado ler um livro e o largado, aberto várias vezes a geladeira, até você aparecer como uma miragem no apartamento em frente ao meu. Foram muitas as vezes que achei que seria o último encontro, mas você acaba sempre me esperando no mesmo cenário. Outras vezes eu quis desistir, mas não consigo inventar nada mais importante para fazer nesse dia. Não sei, foi o descuido das cortinas abertas, termos nos visto ambos depois do banho. Você, com uma toalha até as axilas e um vestido preto em cima da cama. Eu, coberto até a cintura, os tênis velhos jogados no chão. Com certeza ambos pensamos em fechar a cortina, mas algo nos deteve. Ficamos paralisados, olhando fixos um para o outro. A escuridão daquela noite atravessada pela luz dos nossos quartos. Não sabia o que fazer enquanto você movia os lábios num chamado críptico.

Com um movimento seco, você se despe da toalha, dá um passo adiante e fica a centímetros da janela. Faço o mesmo. Primeiro, nos reconhecemos. Seu corpo um esboço de linhas, definido por luzes e sombras. A distância, seu corpo flameja. É incômodo sentir que você me investiga com curiosidade; imaginar que tenta, como eu, memorizar as formas. Estudo suas dimensões, a cor da sua pele, sua figura e o fundo. Percorremos nossos rostos, primeiro passando os dedos pelas pálpebras, fazendo-os deslizar pelo nariz; subir e pentear as sobrancelhas, descer e delinear os lábios. Esboçar óvalos em volta, tatear as maçãs do rosto, juntar tudo no queixo. As mãos afundando no cabelo, descendo até a raiz, parando em repetidos círculos na nuca. Fechar os olhos, abrir os lábios. Massagear o pescoço, relaxar os músculos, beliscar o lóbulo da orelha. Transitar com as polpas dos dedos pelo esterno, retroceder traçando um decote imaginário. Você começa a se esfumar diante dos meus olhos, faço várias tentativas de recuperar o foco e vejo encurvar-se a moldura. Um minuto de trégua. Você leva o mindinho à boca, com as polpas dos dedos salivadas desenha aréolas, traça caminhos úmidos sobre seus seios. Eu, um passo atrás, fazendo o mesmo. Fantasio a distância seus mamilos eretos. Imagino todos os nossos vizinhos paralisados, apoiados no parapeito das janelas, olhando-nos, contemplando-nos a partir dessas caixas pretas incrustadas nesses longos e estreitos edifícios. Meu corpo se adensa, afundo os dedos entre as costelas até doer. Com os braços entrecruzados, vejo você estreitar a cintura. Depois, sentada no tapete, investigando com serenidade a planta dos pés. Acompanho. Fazer círculos sobre os tornozelos; subir de modo rápido e profundo pelas pernas. Agora, em pé. Você gira. Termino de me aprumar na sua coluna vertebral; uma cicatriz delimita suas costas. Uma hérnia? Você gira no instante exato em que estou a ponto de abandoná-la. Giro, com a boca desconjuntada me recupero na cor da parede. Estranho o ruído do trânsito da rua, me pergunto se todos morreram, se somos os sobreviventes de alguma catástrofe.

A janela embaça, cada um deixando um círculo de bafo sobre o vidro. Você me manda desembaçar o vidro com o dorso da mão; como sempre, obedeço. Avançamos o corpo, sinto que logo despencaremos pela janela se isso não parar. Não consigo perguntar nada sobre o silêncio desta noite, então você deixa cair apressada uma mão, da testa até o umbigo, como numa grande pincelada. Eu queria apenas abaixar as mãos e ficar assim, sustentar-me nas pernas. Mas você me castiga com o seu tempo alongado.

A essa altura, imagino nossos vizinhos acariciando-se em silêncio no escuro, inventando seu próprio ritual. Negando no dia seguinte que ficaram espiando essa cena, que tudo isso é um sonho em meio a travesseiros e lençóis. Você me traz de volta quando insinua avenidas pelas coxas. Repreende-me com um olhar; prossigo. Seus dedos invisíveis, minhas mãos descobertas. Corrijo minha respiração para que você não a ouça. Seus dedos cada vez mais invisíveis. Minha mão exposta em movimentos mecânicos. Vindos de tão longe nos aproximamos. Nossos corpos sintonizando requebros ondulados, contrações e ascensões. Num espasmo, percorremos toda a nossa infância. Suas pupilas anônimas resgatam-me do desejo de me atirar andares abaixo. Subir e cair de joelhos em algum país distante. Algo nos une no vazio, algo tenta nos arrastar para o esquecimento. Alguém acende e apaga as luzes. Aplausos. E então a mesma solidão candente. Cada um no seu quarto, retomando a distância, deixando uma mancha circular no tapete. Por um instante, acreditei acariciar seu corpo no meu, sentir suas formas nas minhas. Mais aplausos, há uma prolongada e poderosa ovação. Estive muitas vezes a ponto de fazer uma ridícula reverência, mas ficamos retidos pela mesma careta. Você aproxima seus lábios do vidro, eu aproximo os meus; damo-nos o beijo de despedida.

Depois que você parte, observo os edifícios ímpares, o casal de velhos vizinhos sentados num sofá em frente à televisão, assistindo a um programa de cores estridentes, um ou outro transeunte caminhando por um dos lados da praça, uma chaminé que recorta o céu, telhas ordenadas de alguma casa. Entre um encontro e outro, espreito suas janelas sempre fechadas com grossas cortinas. Uma noite percebi que havia duas pessoas, já que duas luzes se apagaram ao mesmo tempo em cômodos diferentes. As plantas da sua sacada estavam bem cuidadas, mas nunca descobri quando ou quem as rega. Uma tarde imaginei ter visto uma criança, sua pequena sombra movia-se inquieta de um lado para outro, e consegui ver uma mecha de franja. Talvez seu filho? Um sobrinho? Por mais que eu tente vislumbrar os detalhes da sua casa, não consigo distinguir se há duas mesas de cabeceira com objetos distintos, roupa de homem no encosto de uma cadeira. Fico intrigado com o pouco movimento durante o dia. Será que você mora aqui? É um apartamento que você só ocupa em ocasiões especiais?

No segundo encontro você fumava, arrancou um estalido do isqueiro, que soltou faíscas. Uma tragada que depois exalou em baforadas que mergulharam você numa nuvem. O ruído do flash de uma câmera, nós continuávamos intactos, o terraço intacto. Será que alguém bateu uma foto de nós dois? Você, uma inclinação de cabeça apontando para o cinzeiro no meio da mesa. Eu fechava os olhos e imaginava uma mão sobre o ombro, procurando-me às cegas. De repente, observávamos a mesma janela, a do vizinho advogado pendurando o paletó no encosto de sua cadeira vienense como todas as tardes, para depois desabar no sofá branco. Seu corpo cansado, seu semblante opaco. Não quero envelhecer como ele, mesmo assim continuo atento aos seus lamentos noturnos, à sensação de derrota que o derruba entre as almofadas. Os vizinhos existindo devido à construção precária, à pouca distância. À noite, as janelas abertas a faziam participar do eco de alguma discussão enérgica, de gente correndo pelos corredores, uma furadeira que cedia e recomeçava numa parede, no rosto de nossos vizinhos há imperfeições e sinais que não lhes pertencem, foi a mulher do chapéu de aba larga quem entregou as chaves e partiu arrastando uma mala no primeiro andar, a mão dela num joelho que não era o do marido, a voz mais grave do vizinho esquizofrênico do andar de cima, que grita antes que o sonífero faça efeito. No telhado dos edifícios mais baixos, há animais desvalidos, mas capazes de sobreviver por si mesmos, que vasculham o lixo e caçam insetos. Continuo olhando a outra ponta da cidade, estátuas e praças, moradias de telhado de ardósia, ninhos de cegonhas, de morcegos, continuo?, um terraço onde se distinguem pessoas, uma empregada de avental e bandeja diante de uma senhora de óculos escuros sentada. Acendo a luz de cabeceira e o quarto surge ali na mesma hora, não como a cozinha, que existe por fragmentos antes de existir inteira.

Há momentos em que me pego pensando, incrédulo: você não vai voltar. Então ouço as patas do cachorro dois andares acima, o barulho das chaves ali fora, um roçar de cordas que se movem em correntes de ar, um arame que gira enferrujado. Percebo o som da fechadura da mulher da porta ao lado, as partes mal ajustadas do tampo de sua mesa. Desço pela escada, adivinho os passos de alguém no patamar, é o senhor bem-vestido, educado, pergunto-lhe as horas, apesar do relógio na parede.

"Vinte e cinco para as nove."

Já deve estar à janela. Você aponta para o relógio, insistiu que fosse às vinte para as nove, com ar de repreensão. Você disse alguma coisa? Está sozinha? Lá embaixo só o ruído do trânsito. Tem alguma cicatriz nova na parte de baixo das costas? O que aconteceu entre as costas e os glúteos?

Uma doença grave ou um acidente de infância? Uma coisa menor? É recente ou já faz tempo? Eu intrigado no anzol de uma pergunta que não cheguei a morder. Na verdade, nunca nos invadimos perguntando coisas da sacada. Não sei seu nome nem sua idade, o que você faz ou como é seu cheiro. Sei que a gente paga o mesmo valor de despesas comuns, que nossos números de telefone começam com os mesmos três dígitos, também sei que você me pertence, que existe uma vez por mês, e que é ou isso ou nada. Que se um dia eu aguardá-la fora do seu apartamento ou lhe telefonar, embora não saiba o número (só poderia marcar os três primeiros dígitos e ficar aqui ouvindo o silêncio no aparelho), ou se eu escrever algo sem saber que nome colocar como destinatário no envelope, você é capaz de sair de cena e se retirar para sempre do palco. Soube disso aquela vez, quando senti que havia sido especial, diferente; então comecei a fazer sinais desesperados, e você fechou a cortina com um movimento tão brusco que até me dói lembrar. Fiquei aqui, em pé, sozinho e pelado, com o corpo tremendo e as mãos ensaiando gestos inúteis, imaginando que todos os vizinhos caíam na gargalhada, que eu era uma imagem irreal no meio da cidade. Por isso agora me controlo; conformo-me com seu corpo de tela de cinema, com essa fantasia em duas dimensões. E espero este domingo, para sentir bem dentro de mim cada um dos metros que nos separam, ouvir os vizinhos batendo palmas, embriagar-me de vertigens. Para ir para a cama com esse beijo ausente de línguas, vazio de sabores, contando os andares até o seu apartamento, marcando os dias decorridos no calendário.

Está você, estou eu. O filho da zeladora, que às vezes me oferece a bola quando entro, joga futebol contra uma parede. Esta noite repassávamos nossa rotina como em tantas outras, mas, de repente, vimos um corpo cair, um vizinho saltara no vazio, um traço grosso no horizonte, um corpo caindo, caindo, esburacando os apartamentos abaixo do nosso.

Décimo primeiro,
Décimo,
Nono,
Oitavo,
Terceiro,
Segundo.

O primeiro plano foi o estrondo do corpo contra o chão, gritos, paramos, você de boca aberta, demorou a compreender que à sua direita, à sua esquerda, todos gritavam igual, sem você saber discernir quais eram os seus gritos e quais eram os dos demais. Você foi até o fundo do dormitório, era preciso vestir a roupa depressa e descer, eu precisava do seu abraço naqueles momentos de espanto, me concentrei, não queria perder a cabeça, vacilar, ficar muito comovido, você precisa estar aqui, procurei-a no meio da multidão que havia se juntado na entrada, vizinhos de pijama, andando trôpegos de pantufas, outros com a calça mal fechada, o zelador ajeitando uma manta de lã sobre o corpo, a sirene da ambulância, os médicos abrindo caminho, os vizinhos armando um segundo círculo, eu observando mulheres. Você tem de estar aqui, sim, vou reconhecê-la, você é minha, procuro seu cabelo castanho, sua figura miúda, mais vizinhos se aproximavam, os bombeiros do resgate pedindo para abrir espaço, o rebanho humano se dispersa, grupos de vizinhos que conjeturam depressões, rompimentos amorosos, gestos anômalos na hora de colocar o lixo para fora, ou ao pegar o elevador; quem não é estranho no anonimato. Sorri para uma moça que me olhou com ódio achando que eu a paquerava naquele contexto, depois fiz um sinal a uma mulher que me pareceu velha demais para ser você e me ignorou, não dá para eu gritar um nome, parar e gritar quem é a vizinha dos encontros sob a lua cheia. Todos os habitantes éramos testemunhas simultâneas daquele voo a pique.

Quando levaram o corpo embora e todos se recolheram aos seus apartamentos, eu também subi. A sua janela estava na total escuridão — você correndo até a saída? —, abandonando-me agora que sinto tanto sua falta para esticar o lençol, trocar o travesseiro, mudar a posição em que estou, eu, com a boca encostada nos joelhos numa casa que inventei, porque no fundo só existem o vizinho advogado, a polícia, os bombeiros, talvez um beijo sob a luz da rua, uma lanterna à sua procura, eu na janela sem observar nada, a dor arrancando dos vizinhos o desconforto de serem anônimos uns para ou outros, cabeças que se resignam, sobrancelhas que se arqueiam na impotência, uma reta e a outra oblíqua, anotações de uma tragédia compartilhada.

Um corpo cai a pique,
não do sexto,
não do terceiro,
não do segundo,
não do décimo primeiro,
mas do décimo segundo.

Não um acidente, ou melhor, um acidente deliberado, embora esta ideia seja contraditória, voar rumo ao todo e ao nada, os vizinhos jantavam sem que ninguém se alarmasse pelo que se aproximava, nem um adeus sequer, uma curiosidade, um assombro, os murmúrios cessaram. Há aposentos de súplicas, de pouca luz, saltos dispostos a tudo exceto à felicidade, de sangue salpicado, uma decisão que tomba como um copo, o ronronar da angústia antes das horas, antes das meias horas. Agora um corpo estatelado contra o asfalto que já nada tem de orgânico.

Chegou o calendário que se junta ao relógio: vinte para as nove. Você está, eu estou. Meu corpo não reage, já não fico excitado, reluzo inerte por dentro e por fora. Algo me faz achar que esta será a última sessão, detenho as persianas quando estão a ponto de fechar de vez, quando minha boca solitária anuncia que não haverá mais jogos. Não exatamente uma inquietação, outra coisa, o peito frio, minhas pernas geladas. Olhos cansados, vazios, olhos vazios que se tornam austeros, ou então austeros por estar vazios, de qualquer modo fixos, enormes. Nego-me a amanhecer de novo entre sonhos viscosos e não poder pronunciar sequer um nome, um acaso de letras, uma desordem de sons. Já não me importa se o teatro está com lotação esgotada ou vazio de espectadores, se os vizinhos aplaudem parados nas poltronas ou fecham bruscamente suas cortinas. Simplesmente me retiro ou me dou por vencido, como quiser, meu corpo não responde, já não posso mais. Fecho as cortinas e me sento na cama, firmo a cabeça por um tempo entre minhas mãos, depois fico recostado, encolhido. Passam-se longos minutos de aflição, mas sou interrompido pela campainha, o *dim-dom* da porta do meu apartamento. Abro não para sair, mas para deixar que você entre.

Dois anos,
Quatro meses,
Sete dias.
"Estou aqui", diz você. Eu, sem responder.
"Estou aqui", você repete.
Somos duas pessoas anônimas paradas junto ao batente de uma porta.

*Fiquei aqui, em pé, sozinho e pelado, com o corpo tremendo e
as mãos ensaiando gestos inúteis, imaginando que todos
os vizinhos caíam na gargalhada, que eu era uma imagem
irreal no meio da cidade. Por isso agora me controlo;
conformo-me com seu corpo de tela de cinema,
com essa fantasia em duas dimensões.*

NA PRAIA, AS CRIANÇAS...

Nenhuma massa pegajosa escorria, nenhuma concha se partia,
nada jamais ficava socado em suas mãos,
a única coisa que havia era areia e mais areia.

GORDON LISH

O sol espatifa-se contra a areia com ímpetos de navalha, iluminando o cabelo loiro da menina que constrói uma fortaleza à beira-mar. A menina de maiô de lycra com uma princesa estampada sente em seus lábios o sabor do sal. Os meninos vestem bermudas de tecido impermeável, que quando molha vai inflando. O mar recua e retorna em sopros como um mantra, margeia de espuma o traçado da praia. As ondas se movem como línguas no horizonte. De vez em quando, uma onda saboreia os pés das crianças, que se esquivam do frio.

O sol do meio-dia fere os olhos.

Na praia, as crianças estão vulneráveis. Ficam sob a atenta vigilância dos adultos. Aqui não há cercas de madeira para pular, nem paliçadas para se beijar escondido. Por isso brincam de castelo de areia, cavam túneis, constroem pontes levadiças, projetam torres. As crianças menores são um esquadrão de operários empunhando pás, baldes, ancinhos. As crianças maiores, quase púberes, ficam em volta, conversando, enterram os pés na areia, mexem nas suas pulseiras de fios. Uma delas se oferece para ser coberta de areia e ficar enterrada. As outras dão risada e apontam para ela.

Na cidade, as crianças se escondem atrás da silhueta formada pelos edifícios. Brincam de outras coisas. Os meninos de skate, triciclo ou bicicleta, conforme a idade. Parecem uma quadrilha montada em selins, pranchas, lançada no meio do ruído de rodas em atrito com o asfalto. Giram as rodas, os raios, acionam freios e marchas. Ao dobrarem a esquina, sentem-se os donos das ruas, proprietários do bairro.

Na praia, as crianças correm segurando uma nota de dinheiro no ar, que a mãe lhes deu depois de fuçar numa sacola com protetores solares e revistas, areia e papéis. Vão até o quiosque de sorvetes e doces, pagam fiado quando o dinheiro não dá. Os sorvetes da nova temporada são mais caros, amanhã vão dividir picolés de gelo. As crianças já compreenderam o mecanismo do crédito. Acabaram montando, sem saber, uma financeira, e nela trocam sorvetes por relógios, doces por favores. Recolhem garrafas, palitos. Abrem as embalagens procurando o decalque prometido pela promoção. Um "vale mais um" é como ganhar na loteria.

O sol as faz arriscarem o nariz, multiplica-lhes as sardas.

Irmãos, primos e vizinhos fizeram um pacto tácito de cuidar uns dos outros na cidade e na praia. Na cidade, quando vem vindo um carro e estão brincando no meio da rua, gritam a plenos pulmões "carro". Desmontam a quadra imaginária, pegam a bola, percorrem o lugar de cada um dos jogadores, garantindo que todos fiquem a salvo; se alguém está distraído, empurram-no com força até a faixa de pedestres. Parados na calçada, aguardam para reiniciar a partida.

Na praia, pedriscos se enfiam no meio dos maiôs. Todos atentos ao grito de "onda", que significa uma onda gigante prestes a arrasar seu monárquico projeto. E também que precisam ter cuidado para não se deixar levar pelas correntezas traiçoeiras que o mar abriga. É reconfortante pertencer a uma tribo. No grupo, você fica escondido, fica quieto, bate palmas no mesmo ritmo que os outros. Para o menino de sunga verde com um peixinho no canto, é a primeira vez que se junta a crianças da sua idade. Quando mexem com ele, esconde-se no avental da babá, para que ninguém veja as lágrimas da sua aprendizagem. Precisa aprender a dissipar a vontade de morrer, o medo de que descubram suas faces vermelhas, seus olhos de espanto.

O sol declina diante de uma nuvem que passa lenta.

A última onda sacudiu as duas meninas que estavam de costas para o mar. A água derruba as duas, são jogadas de lá para cá. Seus biquínis saem do lugar. Uma delas fica envergonhada ao ver que deixou aparecer o triângulo de seu púbis, com uns poucos pelinhos. É miudinha, seu maiô é de cor turquesa, com estampas de golfinhos, tem os ossos saltados, sente vergonha dessa ambiguidade feminina. A de calcinha listrada de azul e branco sentiu uma fisgada na omoplata esquerda. A adrenalina liberada pelo susto a faz sentir as pernas como se fossem serpentes enroladas, do jeito que ficam depois das aulas de ginástica.

Um ambulante passa oferecendo *cuchuflís*, bijus, cruza com a senhora que vende seus pães doces numa cesta coberta com um pano branco. Trocam uma pequena reverência. Anunciam seus produtos a plenos pulmões:

"Pãããããão doce".

"*Cuchuflí* biju".

Só se veem mãos levantadas, carteiras, moedas, transações, trocas.

Na cidade, as crianças são chamadas com um grito que sai do batente da porta e vai até a rua ampla, nomes próprios convocados para tomar leite, comer, tomar banho. Olhares que, por trás das cortininhas, confirmam que a ordem foi acatada. Nomes pronunciados pela segunda vez. Tênis que se movem contra a vontade porque, toda vez que aquela voz ressoa, é como se fosse quebrado o encanto do jogo, o reinado da rua de asfalto.

O mar bate, quebra. A vários metros, há uma balsa com pneus nas laterais para nadadores experientes. A bandeira vermelha informa "Praia imprópria para banho", e flameja do mastro branco enferrujado. Um cartaz com letras de fôrma adverte correntezas e naufrágios. O fedor que vem de longe dá sinais das águas infectas da baía. Crianças escalam os penhascos, ferem-se com o gume das rochas, sofrem cortes na planta dos pés, na ponta dos dedos.

Já são mais de duas da tarde. O sol cega, cria imagens.

Os vendedores de sorvete avançam emoldurados em filmes de plástico que tremelicam como uma miragem.

Na praia, as crianças tiram umas das outras a pele que vai descascando, parecem um bando de gorilas puxando lascas de pele. O bronzeado leve já tem manchas claras, escamas que se levantam. Um dos salva-vidas passa com um menininho nos ombros, avança pela areia quente tocando seu apito. O menino extraviado soluça chamando a mãe, enquanto balança as pernas magrinhas. O menino da sunga verde cruza as mãos atrás da cabeça, tem o olhar fixo no céu e sente uma rajada de liberdade.

Na cidade, as crianças brincam de "Alto". Jogam a bola para cima e vão nomeando as capitais do mundo: Seul, Joanesburgo, Beirute, Bogotá, Berlim, Berna, Moscou, Quito, Brasília, Lima, La Paz. Quando dizem "Alto!", param no lugar em que estão para reordenar a série: Coreia, África do Sul, Líbano, Colômbia, Alemanha, Suíça, Rússia, Equador, Brasil, Peru, Bolívia. Dentro de suas casas, recortam revistas com tesouras de ponta redonda, abrem tubos de cola e amassam bolotas de massinha de modelar.

Na praia, os adolescentes falam de suas noites de beijos, encostados em carros estacionados, de carícias ensaiadas entre a areia. Línguas duras e firmes que entram e saem tropeçando com seus dentes. O primeiro orgasmo sob o manto de estrelas e com o som do vento ao fundo, que confunde gemidos e sensações. Falam produzindo um suor que tem gosto de limão rançoso. Movem-se exibindo os primeiros pelos nas axilas. Suas risadas são um sussurro imperceptível, chegam vindas da distância, um ruído parecido com o das bolinhas de gude rolando pelo chão liso. Abrem as mãos e comparam as linhas de seus destinos traçadas nas palmas. De dia, escrevem com os dedos na areia úmida as iniciais de seus amados dentro de corações. Alguém ri apontando para o menino tímido que escreveu o nome errado; esta menina não lhe pertence. Compara o nome escrito com aquele do qual se lembra e decide corrigir uma vogal, como se, ao corrigir essa vogal, aquele nome se concretizasse. Um deles diz: "Vocês são meus amigos, dão cotoveladas uns nos outros, trocam perguntas, dão-se mais cotoveladas, compreendem, e me dão razão".

O sol incendeia as crateras de areia que as crianças constroem à beira-mar.

O menino da sunga verde se afastou sem querer, perdeu a referência dos toldos, o guarda-sol da mãe, aquele de listras azuis, que fica do lado de um vermelho e de outro de bolinhas, branco e preto. Já não dá para ver a cauda do golfinho que está estampada no maiô de tons cinza.

"Nunca dê as costas para o mar."

O sol cega, atordoa.

Na orla, veem-se corpos de mulheres que deram à luz, seus abdomens flácidos, as pernas esburacadas de celulite, os peitos caídos, os ombros encurvados após longos meses de amamentação. O salva-vidas de camiseta laranja continua passando com o menino perdido. Caminha e toca um apito, e vira o pescoço de um lado para outro, como um boneco de Lego. Os adolescentes provocam uns aos outros, dão gargalhadas. Uma mãe com saia de linha carrega uma cesta com frutas da estação. As crianças se atiram sobre as frutas partidas em metades. O menino da sunga verde observa a cesta, relembra que, de manhã, ajudou a mãe a escolher o melão, cheirando o botão da fruta. Comem melões e pêssegos, o suco das frutas escorre pelo queixo, pelas mãos, pelo pescoço, pelos antebraços. Lambem o resto da calda. A mulher preocupa-se em oferecer a fruta à menina do biquíni turquesa, que recusa com a cabeça, como quem diz que não tem fome. A mãe insiste e, de brincadeira, oferece um pedaço ao golfinho do seu maiô. Ela sorri e prova. As crianças mascam com seus dentes pequenos as frutas enormes sem perceber o poder sensual dessa imagem. Limpam os dedos na saia, exibem seus sorrisos incrustados com os fiapos da polpa. Escondem os caroços na areia.

Na cidade, as crianças tomam leite e comem pão com manteiga ou geleia nos banquinhos das suas cozinhas. Sozinhas ou na companhia dos irmãos ou de algum amigo convidado, sob os olhares da mãe. Voltam à rua com uma auréola branca no bigode, migalhas de pão entre os incisivos. Lambem os beiços com gotinhas de saliva e passam as costas da mão para tirar a película láctea grudenta.

Na praia, os adolescentes falam do insuspeitado poder da língua. Nas bocas de seus companheiros está o sabor a ponto de se extinguir. Salivam outras bocas. Intuem que sua idade é uma estação à espera de plenitudes futuras. Contam histórias em volta de pequenas fogueiras que iluminam curtos trechos para os casais que desejam se afastar do grupo e querem observar como vai ficando espessa a névoa do amanhecer. Todos pensam que é hora de compartilhar este corpo há tanto tempo habitado apenas por eles. Os que ficam com o grupo veem revistas pornográficas ao ritmo dos estalidos da masturbação. Enfiam a mão direita dentro da calça. As jovens investigam fendas com depressões, curvas e proeminências, em camadas. Ouvem-se respirações misturadas. Na praia, os adolescentes esperam a hora em que não haverá mais adultos por perto. Animais à espreita, com as garras já cravadas na carne das vítimas. Crianças abraçadas, as mãos enfiadas na carne, as bocas cheias de pedaços de outros corpos. No final da jornada, escondem as revistas embaixo de uma rocha.

O sol cai em ângulo de noventa graus.

O mar ao fundo é um ceceio distante, inquieto com o excesso de matizes de tornassol, frisos esmeralda atravessam largas faixas azul-marinho debruadas de ametista e com chispas de espuma madrepérola. Se a mãe fecha os olhos para tomar sol, vê contínuos relâmpagos. Sente um cansaço macio atrás dos olhos. O orvalhar da água salpica suas pálpebras fechadas. A mãe cai de vez no sono. Para além do crepitar das pazinhas, dos gritos dos vendedores, do barulho do vizinho que curte música com fone de ouvido no último volume.

Na praia, as coisas vêm para cima.

Na cidade, as crianças ficam seguras no quadrilátero da praça, movem-se entre escorregadores amarelos, balanços mambembes com correntes enferrujadas, a gangorra manca de madeira, os assentos periclitantes. As palmas das mãos rosadas e os joelhos se ferem com o cascalho do chão, espalhado como um tapete irregular. A marca do jogo de amarelinha com os números emoldurados. A água que bebem com longos goles no bebedouro de metal.

Na praia, as ondas crescem até cinco, dez metros; amarelas, brancas, vermelhas, cor de barro. Gritos, comoção, instantes suspensos. O mar mordeu a costa e levou um menino embora. As pessoas se amontoam ali e olham com as mãos fazendo viseira. O salva-vidas de bermuda justa de lycra joga cordas e boias. Corre com os músculos contraídos, os quadríceps bem marcados, faz o sinal da cruz, uma mecha de cabelo se ergue ao vento. Sua mente percorre passo a passo as instruções da manobra de primeiros socorros. O oceano reluz como um tapete índigo balançando. Vê-se um braço robusto e maciço abrindo passagem entre as águas.

A mãe se recrimina: "Como é que fui cair no sono?". E lá está a mulher em pé, com a sensação de que outra pessoa corria paralela a ela com um chapéu de palha idêntico.

O horizonte apresenta variações cromáticas, uma ampla paleta de cores; já é uma delgada linha vermelha. O primeiro salva-vidas se recupera do impacto, seu odor de medo fede a gambá. A superfície do tórax desce e sobe. Fala com uma língua dormente para dizer: "Não deu, não consegui; foi impossível". Está machucado, as feridas do seu corpo são riscas avermelhadas de um tigre escarlate. Perto do fim do dia, há pontos de luz na superfície do mar, ondas preguiçosas na água, dezenas de sóis sobre as dunas de areia. As ondas continuam encrespadas. Foi um dia de buscas em vão. Procuram um bando de golfinhos de lycra. O salva-vidas tentou, um helicóptero, um bote da Marinha.

A mãe abre caminho como se esse oceano fosse o Mar Vermelho. Entra feito um Moisés entre dois imensos paredões de água com cristas de espuma. O mar disfarçado de estrada e habitado por marinheiros do Pacífico. A mãe com a saia recolhida adentra, procura o lugar silencioso onde flutua um corpo envolto num lençol de água. Alinhava fios de água como numa tapeçaria. O som do mar se fez mais intenso, e ouve-se o estertor dos peixes. As águas começam a subir, batem em sua cintura, nos ombros. E sua visão está limitada pela linha do horizonte, por sua incapacidade humana de ver a curvatura da Terra. Vai entrando. A água fria lhe eriça as pernas num ritual. Cumpre uma façanha, abre caminho na gelidez que, líquida, se opõe a ela, ao mesmo tempo que a deixa entrar, a oposição pode ser uma petição. O lento caminho aumenta sua esperança secreta. Deixa-se cobrir pela primeira onda que a cega, os olhos salgados que ardem. Os cabelos se endurecem com o sal. Ela se detém, com as mãos em concha bebe água em grandes goles. As ondas suaves a golpeiam e retrocedem, pois ela é uma muralha compacta, submerge de novo; está cada vez menos ansiosa e menos aguda. Procura uma criança em posição fetal, antes que a vida possa confundir o oceano com o líquido amniótico. A esperança dos arquipélagos. O corpo arrulhado como algas desengonçadas num oceano sem peixes.

Às vezes o mar opõe resistência, empurrando-a com força para trás, mas então a proa da mulher avança um pouco mais enérgica. Seus cabelos escorridos são os de náufrago. Uma corrente a empurra de volta. A espera não foi em vão: uma corrente traz a boca madura, marrom, púrpura, das crianças afogadas. Depois de um desastre marinho, um círculo concêntrico.

A mãe abre caminho como se esse oceano fosse o Mar Vermelho. A mãe com a saia recolhida adentra, procura o lugar silencioso onde flutua um corpo envolto num lençol de água. Alinhava fios de água como numa tapeçaria.

AMANHÃ ESTAREMOS NAS MANCHETES

Como Macbeth, não deixo de me lembrar de que sou sua anfitriã. Portanto, é o café da manhã, mais que o sangue futuro, o que me ordena paciência fatal.

ELIZABETH SMART

Você sabe que sempre o espero com as pernas levemente afastadas, no canto mais estreito do dormitório. Meus tornozelos formam um parêntese. Minha saia cai entre os joelhos formando um pêndulo. Quando você bate à porta, fico em pé e recolho todo o silêncio desta casa. Em cada encontro, a tempestade retira os véus da minha fronte e prende a cabeleira trançada de esperas. Quando estamos juntos, só você conta, faz pausas, não pergunta nada. Eu achava que você esperava de mim uma resposta ou uma interrogação. Talvez por insegurança, eu o invadia com histórias de antigos amores, aventuras de viagem; era uma forma de compensar a assimetria das circunstâncias. Se você passava da hora, sei lá que preocupações surgiam na minha cabeça em relação à sua mulher, e insistia com você para que lhe telefonasse. Sabia que nossa felicidade significava o calvário dela. Suas mentiras são muito grosseiras; eu também minto, mas faço isso para que não me machuquem.

    Eu estava com você e você não estava comigo. Uma frase sem importância, quando você já ia embora.

— Vai ver a outra?

Eu reiterando, você de costas.
— Vai para a casa da outra?
Você fechando um punho, dizendo entre dentes algo que poderia ser: "Você, você é que é a outra". Uma insistência necessária, atenta a algum gesto.
— Você me leva até a casa da outra?
Eu sei, uma brincadeira de mau gosto. Exatamente dessa maneira, uma provocação sem sentido, que ficou ressoando. Enquanto fecho a porta para me despedir de você, repasso as regras implícitas: nada de ligar ou de mensagens nos fins de semana, nada de ir a lugares públicos, nada de amigos em comum. Cada vez que nos separamos, sinto como se alguém tivesse escrito seu nome nas minhas costas. Odeio a cerimônia da despedida: eu, imóvel e horizontal, contemplo como, com a ponta dos dedos, você roça a borda do meu púbis. Não sei que outros hábitos seus me enchem de ódio. Já lembrei: o silêncio quando vamos chegando perto da sua casa. Para suportá-lo, aumento o volume do rádio e acelero no asfalto do meio-dia, que ofusca meus olhos como um bando de mutucas cegas. Você desce na esquina da sua rua, eu olho pelo retrovisor, vejo como você ajeita o cabelo e a roupa, como se sacode do meu cheiro e das minhas palavras. Estranhas sensações me invadem quando você me faz aproximar das suas fronteiras. Só quero ver a foto de vocês na mesa de cabeceira. Você vai embora com um adeus de veleiro-fantasma, cada passo pisoteia os paraísos prometidos, agora não sou nada além de uma mulher imóvel no interior de um carro. Tanto mutismo ameaça estilhaçar as janelas. Seus lábios sabem desenhar uma estrela sem erro. Sinto-me num naufrágio no qual abandono os botes no meio da maré. Calculo o tempo da entrada, sei que seu beijo está fechando uma boca que não é a minha. Não sou mais que uma mulher remota na conjunção de duas ruas. Perco-me pela manhã em seu bairro, vejo vocês dois saindo para andar de mãos dadas. Ela acaricia suas têmporas num gesto cheio de amor. Prossigo impávida,

cruel comigo mesma, lendo uma linguagem de sinais, como se vocês fossem um casal de mudos. Ela é a autora da foto que eu pedi a você. Pelo jeito como você aparecia, soube que ela o amava tanto quanto eu, e isso complicava as coisas. Agora só consigo apreciar nela o corte de cabelo, a estatura mediana, os ombros retos.

Aquela tarde, em que você me convidou para conhecer sua casa, na hora em que nos despedimos no meu carro, você supunha a ausência da sua mulher. Ela nos abriu a porta. Você retrocedeu e, até o dia de hoje, não voltou a falar. Eu lhe estendi a mão, ela me deu um beijo. O amor é um verbo transitivo. Se você nos ama, e eu o amo, deve amar-nos em algum ponto entre nós duas, não? Das dez acepções do verbo, qual nos identifica mais?

1. Verbo transitivo.
Tender à posse de algo ou à realização de uma ação.
2. Verbo transitivo.
Sentir amor ou carinho por alguém ou por algo.
3. Verbo transitivo.
Tomar a decisão de realizar uma ação.
4. Verbo transitivo.
Pretender ou tentar algo.
5. Verbo transitivo.
Pedir uma quantia por algo.
6. Verbo transitivo.
Uma coisa ser conveniente para outra ou precisar de um complemento adequado.
7. Verbo transitivo.
Alguém dar motivo com suas ações ou palavras para que aconteça algo que possa prejudicá-lo.
8. Verbo transitivo.
Uma pessoa aceitar ou se conformar com o que a outra deseja.
9. Verbo transitivo.
No jogo, aceitar uma aposta.

10. Verbo impessoal.

Estar muito perto ou próximo a um acontecimento ou à realização de algo.

Investigaremos cada uma dessas acepções, eu prometo. Reconheci os olhos de angustiosas esperas, percorremos a casa abraçadas. Feriu-nos o mesmo perfume de açucena, a igualdade de nosso penteado: cabelo até os ombros, corte reto, tom preto-azeviche. Depois, foi a sugestão das meias arrastão, o anel de turquesa no dedo anular, a coincidência de nossos nomes. Procurou-nos parecidas, inventou-nos idênticas. Descobrir nossa semelhança forçada foi horripilante. Abrir o armário e ver a mesma exposição de cores e tecidos. O exame diante do espelho com uma expressão ausente e que não encontre a forma dos lábios nem a curvatura dos olhos, mas, sim, o mesmo homem escondido atrás de nós. Depois de uns minutos, sorrimos a essa mania que nos faz vermos ambas iguais e entendermos nossas densas mudanças. Chega o momento e a ocasião em que duas pessoas param: então se encontram. Se a pessoa sempre se movimenta, impõe inclinação, direção ao tempo. Se hoje não tivesse sido hoje, se não tivesse havido no meio outros momentos, outras coisas, outras imagens. Dois seres que se encontram numa palavra reclinada sobre seu passado, instantes caminhados sob o sol das cinco da tarde. Diga-me quem é a silhueta perdida neste jogo duplo de sombras. Porque nos deixaram vesgas diante do espelho. Sorteamos com uma moeda qual de nós teria de cortar o cabelo. Deitadas na cama, passei a tesoura na sua longa cabeleira até deixar uma camada mínima sobre o crânio. Gostaria de acompanhá-la, mas alguma coisa deve diferenciar-nos para conseguirmos ser duas mulheres.

Acabamos condenadas a um estado de permanente vigilância. Enquanto isso, os olhares de relance, as portas semiabertas e você rondando nosso território. Acaricio a bata de algodão e reconheço nos móveis as coisas carregadas de afeto: um baú com argolas, uma foto antiga, uma carta. A mímica da nossa rotina, com arrulhos sob os mesmos lençóis. Procuro uma data viva como um pássaro, um vão que ninguém percorre. Penetrar no ócio dos dias que foram desenhados no calendário. Escutar seu passo compassado, seu trote, seu galope selvagem. Eu teria escutado você sempre. Você me adestrava para o mundo como faziam os sonhos. Se você consegue sair das convenções, se consegue sair de si mesma, pode chegar a amar a quem seu homem ama. É uma operação transitiva, e talvez, no final das contas, o amor não seja mais do que esse punhado de momentos impossíveis. Era hostil a esse método de instigar um a superar o outro, por temperamento, não por convicção. Por mim, você subia ao precipício.

Mas a palma na cintura dela, ela com o gesto curvo do pescoço, ela desviando-se num "não existo para você", o latejar do sangue nas orelhas, no nariz, as pupilas dilatadas, as frases descaradas ao ouvido, tudo fluía, rio, mar vermelho em sua margem. Eu de novo sozinha, então perguntando, quebrando o código da convivência:

— Quem você prefere?

Você observando-nos impávido, confuso.

— Cara ou coroa?

— Ou tiramos a sorte nas cartas?

— Gosto das duas de maneira distinta, e por razões diferentes.

Tentar pegar no sono inventando as desculpas que você jamais daria. Não poderíamos suportar outras noites com um cigarro consumindo-se na escuridão da sala. Sua mulher compreende por que já não leio jornal. Ela me sussurra palavras ao ouvido, dizima quase toda a minha ira. Trocamos fotos familiares. Essa que está aqui neste canto da foto, separada dos outros, sou eu. Olhe essa menina, com os sapatos ao contrário, é de quando completei nove anos. Resisto ao choro, de pé a alguns metros da janela, ela se apruma por trás e nos fundimos na mesma sombra.

Pude lhe falar dos meus pais. Relatar a história que você sempre quis escutar sem ânimo. Repito incansavelmente que venho saindo dos escombros. Sua mulher impede que eu fique rotundamente louca. Saio até a rua e estendo a mão aos mendigos. Juntar minhas pernas levemente abertas, endireitar meus tornozelos. Toca meu sexo com sua mão aberta e no centro. Apaga seu nome do meu corpo e me deixa anônima. Há movimento de lábios que se separam ao tocar-se, o hiato de uma palavra omitida. Inquietaram-se as cegonhas buscando o céu, ficou adormecida a tarde de domingo, que tristeza diversa me chama, que estrelas frias se infiltram por uma rachadura do teto quando acordamos na hora em que trememos de ternura. Vamos juntando um sonho a outro, a fronte esculpida com minúsculas gotas de suor. O indefinido do meu desejo aparece nítido diante de seu olhar temeroso.

Há um tempo é você quem nos visita. Eu já não minto. Leio para a sua mulher as coisas que escrevo. Leio para ela em voz baixa e, se preciso, deposito minhas palavras na sua língua. Conquistei o lado direito da sua cama. Pensar que, por tanto tempo, desejei ver a foto de vocês dois na mesa de cabeceira. Eu mesma guardei o porta-retratos na gaveta. Nós duas temos o país atento aos nossos exercícios. Beijamo-nos nas portas dos centros comerciais, entrelaçamos as pernas sob as mesas. Sua mulher gosta de me abrigar com seu corpo nas praças. Rodeia-me pelas costas e respira amornando o centro da minha nuca. Ficamos sabendo das datas ao espiar os cantos dos seus jornais. Lateja seu sexo violeta, uma vulva é uma fruta partida ao meio, que devoro com minha língua firme. Dá uma lição sobre palavras obscenas. Debaixo dos lençóis, dois sexos idênticos em arrulhos. Tantas vezes pensei na necessidade de enlace como algo que explicava o desejo, mas agora a imitação, o jogo de espelhos, parece mais atraente.

Tocou o celular, o aparelho vibrava entre os travesseiros, e passaram-se alguns segundos até que você conseguisse atender. Ao ver a tela, você sorriu com cara de gata com sono. Dizeres apenas necessários. Deu uma olhada no relógio de pulso e indicou a hora. Prendi a respiração, quem se atreve a respirar amor quando há um plano sendo urdido durante um cochilo. Foi sua boca chamando-a de dentro, bem fundo, do pescoço. Eu avisei, não quebre a promessa que fizemos sem pronunciar. Decidimos isso naquele mesmo dia, olhando-nos de frente num par de escadas rolantes. Insisti depois, em casa, por receio de que você não tivesse ouvido por causa do barulho do trânsito. Apalpo mordo acaricio volumes sedosos. Poderia agarrar o sabor que está a ponto de se extinguir. Trituro masco sorvo precipito-me. Tentamos atravessar todas as portas. "Sim", "sim", dos seus lábios saíam as sílabas perfeitas. Eu a chamava e estava também a ponto de dizê-lo quando me dei conta de que você entrava nela, depois umas figuras humanas reunidas num único corpo gigantesco, num dragão de três cabeças. A atmosfera pesada de respirações mescladas, as imagens de outras mãos. Os corpos não são como os aposentos, nunca conservam as marcas evidentes. Ferimos você para sempre com a punhalada que tínhamos internamente. Uma longa queda sem aterrissagem. Seu corpo crescendo a partir do estômago, para depois expandir-se pelo dormitório, deixando nós duas encostadas num canto. Suas costas, ponto de partida de nossas carícias, jazem tombadas sobre o tapete. Um par de mãos sobre o tálamo anuncia que o desejo escapou. Só nos restam estes antebraços costurados por fios vermelhos. Ela se curva, é capaz de evaporar e se amoldar ao mesmo tempo seguindo o mugido sustentado de seus lábios. Um mutismo excessivo nos móveis. As verdades caem no chão como pássaros enlouquecidos.

O amor é um verbo transitivo conjugado no tempo presente, é posse, é realizar uma ação, é sentir amor por alguém, é tomar a decisão de realizar uma gestão, é pretender ou tentar algo, é pedir uma quantia por algo, é uma coisa ser conveniente para outra ou precisar de um complemento adequado, é para alguém motivo com suas ações ou palavras para que aconteça algo que pode prejudicá-lo, é aceitar ou conformar-se com o que o outro deseja, é o jogo, é aceitar uma aposta, é um acontecimento muito próximo ou iminente. Todas e cada uma das acepções em nosso dicionário emocional. De tão transitivo, torna-se um chamado hereditário, uma necessidade de deixá-lo no pretérito perfeito.

    Então sorrio, rio, desato em gargalhadas soltando a arma, e já sem nenhum obstáculo. Você me abraça e caminhamos juntas para além do batente da porta principal, além da grade, e entramos no carro estacionado no acostamento. Não podemos decidir o que vamos fazer quando amanhecer? Uma atmosfera elétrica de cinco e meia, na rua um par de pessoas. Avançamos alguns minutos em linha reta até a periferia da cidade. Os acrobatas do primeiro semáforo construíam uma pirâmide de corpos. Enquanto pinta os lábios, você diz com um timbre de voz aveludado: não temos nenhum atenuante. No caminho, vejo uma banca, suas persianas metálicas como pálpebras fechadas. Quando nossos olhos percorrem a extensão das espigas, você foge. Verónica, aviso que amanhã estaremos nas manchetes.

*Eu avisei, não quebre a promessa que fizemos sem pronunciar.
Decidimos isso naquele mesmo dia,
olhando-nos de frente num par de escadas rolantes.
Apalpo mordo acaricio volumes sedosos. Os corpos
não são como os aposentos, nunca conservam as marcas
evidentes. Ferimos você para sempre com a punhalada
que tínhamos internamente.*

NÃO ACEITE CARAMELOS DE ESTRANHOS

> *No dia em que mamãe saiu à rua com os sapatos invertidos, eu soube o que era a dor.*
> MILAN KUNDERA

Do que riem os vizinhos? Será que não sentem o vento batendo no pátio como um cão acorrentado? Olho pela janela depois de ouvir, por horas, suas estúpidas gargalhadas enquanto mergulham na piscina. Sua risada me enfurece. Não viram as notícias? Não perceberam o movimento frenético aqui em casa há algumas semanas? Duvido que não tenham ouvido meus gritos ou que tenham esquecido o furgão da polícia com suas luzes de alerta disparando raios pela rua. O tempo se acomoda de maneira diferente entre mim e eles, para lá do muro de tijolos. Eles submergiram na normalidade, eu me entreguei a uma busca ininterrupta para fixar de vez em quando um rosto.

Tomo o pulso de Santiago a cada esquina desde que a menina foi embora. A cidade como um órgão atrofiado. Um coração que bate subterrâneo. Desde aquela manhã me pergunto de costas para o espelho: Para onde se deslocou o epicentro desta cidade? Você saiu, fechou a porta e desenhou uma misteriosa trajetória depois de deixar uma fresta de luz. Trago um cansaço flácido por trás dos olhos atravessados por contínuos relâmpagos. Ouve-se ao longe uma ceifadeira. O colchão se abre, parte-se em dois para deixar você cair num lugar silencioso onde seu corpo flutua sem peso. Um território que não distingo. Caminho em linha reta, adentrando o campo, por cinco minutos, sigo até a valeta e avanço ainda mais, entre as urtigas e a lama. Com a lua pálida no meio do céu preto e nenhuma voz, nenhuma respiração que me faça sentir que você está perto.

Em Santiago, muitas crianças desaparecem todo dia, dobram a esquina e não se sabe mais delas, saem caminhando para a escola e nunca mais voltam, cruzam a casa do vizinho e se perdem no trajeto. Deve existir um corredor de crianças andando em sentidos insuspeitos por La Alameda, que corre paralela ao rio Mapocho, de oriente a poente ou de poente a oriente. As vozes se amontoam, a campainha, as batidas do coração, abram, socorro, não me abandonem; coisas confusas que as pessoas dizem pelas faixas de pedestres, pelos ônibus, pelas esquinas. Por que milagre algumas pessoas não se afligem com as gargalhadas lançadas sobre seus atrevimentos, sobre seus tropeços? Em Santiago, procuram as crianças perdidas com fotos em caixinhas de leite, põem imagens, a idade, a data do extravio e a legenda "ALGUÉM VIU?". Não me contento em esperar ligações, providências da polícia; saio à procura da minha menina. Antónia não deixou rastros nem uma pista que indique seu último percurso. Foi entre a praça e o mercado? Entre a biblioteca e a farmácia? Entre o terminal de ônibus e aquela sorveteria que você adorava tanto?

Desde que você se foi, sinto tão intimamente a vibração da ponte quando cruzo o rio. Retomo sua pergunta e penso que você investiga o lugar geométrico de onde emergem as pulsações do órgão vital desta urbe. Procuro a janela que devolverá sua imagem cidadã. Santiago é a cidade-espelho, a cidade-tela. Às vezes, penso que é uma cidade narcísica, que precisa olhar para si mesma, talvez com excessiva complacência. Por isso confio que, no meio de tantos edifícios envidraçados, verei seu rostinho de menina perdida. Penso nas janelas como mosaicos, num deles dá para ver refletida a Cordilheira dos Andes. É então que contemplo o rio, me debruço no parapeito. Não observo o rio, mas o reflexo dele no vidro, seu incessante fluxo que circula e nunca está parado; é uma veia que abre caminho pela cidade. Eu lhe disse tantas vezes:

"Não aceite caramelos de estranhos".

A primeira coisa é fixar, do modo mais exato possível, os itinerários das pessoas, para entendê-las melhor. Vou pensando na sua rota imaginária, rajadas de ar fresco cruzam por um lugar em que você há muito tempo se asfixia. Sair andando, por insegurança e por ausência de vontade, como se a caminhada fosse a última experiência que posso oferecer à paisagem de ruínas por onde você se move, sem força para montar minha janela fora do anonimato. Um homem cabisbaixo contornando lugares em que os ônibus fazem uma curva e seus freios gemem. A noite está cheia de perfurações. De onde me vem outra vez a força do desejo de recomeçar? Desdobrei o mapa da cidade que sempre tenho ao meu alcance. Visto um xale de preces. De tanto procurar coisas nele, ficou rasgado nas bordas. Seguia avançando pelo aterro, cada vez mais depressa. Olho a praça, os dois tobogãs amarelos, os balanços coloridos, a gangorra de madeira e a torre central pintada de laranja. Eu poderia andar de olhos fechados por este bairro, mas esqueci o cinema da esquina e seus cartazes de letras romanas. A porta envidraçada da entrada, os nomes dos inquilinos. Toda noite, ligo mais uma vez para a polícia, com a voz de sempre, a entonação de costume, tudo igual, minhas pernas cruzadas, o cigarro na mão, só que em vez de "alô" pergunto, angustiada: "Alguma notícia?". Tenho sonhos de maus presságios. Não sei que vertigem me invadiu, que rajada de amargura, mas disse-lhe com tom agressivo:

"Não aceite caramelos de estranhos".

Uma menina ainda com cheiro de animalzinho, uma mistura de doce e salgado que azedava a boca. Um odor selvático, mesclado com xampu e sabonete de lavanda. A acidez dos bigodes que o leite formava em volta dos lábios. Ela já tinha pelinhos nas axilas e uma linha comprida e estreita de pelos loiros que descia do umbigo até o púbis. Uma menina que ouvia historinhas na cama com as mãos cruzadas atrás da cabeça, o olhar fixo na linha azul do céu. Recortava figurinhas com tesoura de ponta redonda e colava num caderno. Um abandono sonâmbulo atravessado pelo percurso dos bondes que gemem na curva. Sem que você soubesse discernir quais eram seus gritos e quais os gritos dos outros, eu que tanto lhe recomendei não cair na estupidez de aceitar caramelos de estranhos. Não sou religiosa, mas rezo como se se tratasse de um mantra que se a pessoa o repete e repete e repete, perfeito e claro, afugenta o mal e os pensamentos ruins. Não tenho feito outra coisa além de tentar envolver uma história triste num lenço de bolso. Uma vez mais, com a voz de costume, a entonação de costume, tudo igual, as pernas cruzadas, o cigarro: "Alguma novidade?".

A tormenta invernal esfaqueia neste perambular noturno rumo oeste. Não sei onde recuperar o fôlego, é como se eu já não estivesse comigo, como se outra pessoa falasse e eu ficasse aliviada ao ver que ela anotava algumas coisas. Por exemplo, quando observo seu rosto nas caixinhas de leite, vejo em você algo de alguém desconhecido, de rosto alheio. Quem é você? Como se perguntar "quem é você?" fosse igual a perguntar "quem sou eu?". Era tão simples saber quem você era, uma menina de onze anos saindo de casa para a escola com uma laranja na mão; sua voz que começava a cantar baixinho uma melodia à medida que descascava a fruta e levava um gomo à boca. O suco escorrendo pelos dedos, pelo queixo, e caindo na saia, deixando aréolas pegajosas de diversos tamanhos. Você limpava os dedos na jaqueta, esfregando-os com força, e ria. Uma menina alta de onze anos, mas que parece mais velha, uma menina cada vez mais alta, onze, doze, e nesse doze um silêncio perturbador, não há água nos copos, não há rastros do seu paradeiro. Não há uma celebração para o seu aniversário de número doze, porque você ficou parada nesse arco de meses. Já se passou um ano e estão encerrando o expediente. Eu, uma pessoa com as mãos corroídas pela busca em arquivos, eu espreitando de uma portinha lateral entre negativos do seu rosto em cartazes xerocados em postes de luz e imagens virtuais em sites de busca.

Enquanto recolho a roupa do varal, demoro-me um pouco na cozinha comendo, e nenhum cheiro de gás, nenhuma vertigem, estou viva, o que relembro da minha filha, além de sua fraqueza e sua tosse seca, é um lenço na boca, eu ficava junto à porta nas noites em que ela sofria algum ataque de tosse convulsiva. Minha roupa envelhecendo; bonecas com guarda-roupa mais caro que o meu gaguejam frases em idiomas estrangeiros. Travessias de pedestres incompreensíveis num emaranhado de esquinas, fumarada de aves fritas, elevadores que não param de subir. Faz muito tempo que ninguém se aproxima de mim. Você, jovem, entende isso?, não chore, que adianta chorar, fique tranquilo que não estou falando de você, e sim da minha filha, até logo, talvez estas marcas de polegares e impressões digitais sirvam para alguma coisa, estas manchas nos cartazes somos nós, as duas juntas numa foto antiga, como querendo dizer "nós duas" e não podemos, eu tentando me despedir de minha filha e incapaz de abraçá-la. Havia noites em que me desesperava imaginando percursos e paradeiros. Como ninguém sabe de pista nenhuma?

Antónia, você já ouviu a história do homem do saco?, é um velho que carrega um saco nas costas, vaga pelas ruas depois que escurece, procurando crianças perdidas para levá-las embora até um lugar recôndito. Não vá com ele, gosta de assustar crianças, psiu, é noite, alguém se aproxima da porta, gira a maçaneta em silêncio, uma música agradável tilinta no escuro, uma silhueta abre caminho acompanhada

do rangido das dobradiças, uma sombra se estende pelas paredes. O que ele carrega no saco? Ele olha as meninas e retorce os lábios com o indicador e o polegar, fingia que massageava seu pescoço. Não fique nervosa, não vá com ele. "Você ainda está aí, pequena?" Avisei-a tantas vezes:
"Não aceite caramelos de estranhos".

Construí um mapa de navegação durante as noites com o propósito de me ajudar entre os intervalos da febre e da insônia. Pronta para sair de novo, atenta aos trens, empurrada para as plataformas. Viajava para captar aquilo que seus olhos tinham visto. Espiando os passageiros, suas bagagens, os funcionários de uniforme. Sou sua mãe, não a abandonei, eu a procurei na viela, na estação de trem e entre as bagagens, você deveria estar comigo, mas estou empurrando a porta sozinha, sentada em silêncio diante da máquina de costura, nenhuma cintilação de sopeira nem de candelabro me devolve sua companhia. A poltrona no lugar de sempre, as molduras oblíquas das fotos. No início, vislumbrei um vestido pendurado na barra da cortina por uma corda de varal, nenhum pedaço de céu, só um vestido ao vento, sem sua dona. Aquele que era seu pai caiu de vez, caíram seus braços, suas costas, uma das pernas sustentava o resto, e esse resto também desabou, foi embora, não soube mais nada. Continuo procurando-a como se fizesse a lição de casa.
"Não aceite caramelos de estranhos."

Você se esconde na linha do horizonte? Um tremor deixa uma trinca nos espelhos, sete anos de azar? As escavadeiras dos permanentes projetos imobiliários produzem vibrações monótonas. Não me dou por vencida, Antónia, você deve estar sendo refletida em algum ponto da cidade, por algum fragmento de espelho. Hoje de manhã, depois de desligar o telefone, quando me avisaram que estavam encerrando o caso, cortei o cabelo a tesouradas. Fiquei quase uma hora diante do espelho do banheiro, pegando mechas que chegavam até a cintura e fazendo-as cintilar com o resplendor das tesouras até a altura dos ombros. Parei diante dos seus sapatos junto à cama; eram umas botinhas azuis, velhas, com os cadarços abertos, as solas gastas. Apesar de serem dois números menores, fui para a rua com elas calçadas. Quando olho as vitrines, percebo pela expressão do meu rosto que as botinhas estão apertando, e que estou de cabelo curto. Continuo andando pela calçada, a passos rápidos. Subo em um ônibus, fecham-se as portas, peço licença para passar e levanto os braços para me agarrar a uma barra, caio devagar, deslizando, não há onde cair. Por onde andará você?

"Não aceite caramelos de estranhos."

Tomo um copo de leite enquanto contemplo seu rosto na caixa. Faço você lembrar que, para quem mora nessas grandes cidades, mas trancado num quarto, o importante é o direito à janela. O direito de ver para além de quinhentos metros um galho de árvore, um pedaço de montanha, uma só estrela que seja no céu. Os dias do calendário avançam e me fazem entender que você caminha infinitamente com um novelo de lã preso no cinto, que vai se desenrolando atrás de suas inquietas passadas. Você desenha labirintos com fios coloridos para que eu a siga na busca pelo coração da metrópole. Você me obriga a investigar nos registros oficiais, nos testemunhos de vizinhos, em dados ilegais. Cruzo lugares ermos, centros comerciais, praças, acompanhando a caprichosa textura do seu bordado. Suspeito que você caminha em diagonal, odeia como eu a tirania da linha reta imposta pelos urbanistas. Por isso cai nas águas, confundindo ruas com a lâmina polida. Desde então, sonho com você num lugar onde desembocam todas as águas, percorrendo um denso bosque de manguezal junto a um tigre de Bengala.

Antónia, quando estava comigo, você olhava pela janela, enquanto eu, sua mãe, semana após semana, repetia os mesmos gestos. Uma menina entre a infância e a adolescência sai com uma laranja separando os gomos, deixando um aroma cítrico como rastro. Como ninguém a viu? Como ninguém sentiu um raio de ar impregnado pelo aroma de flor de laranjeira? A casca mais ou menos grossa e endurecida e sua polpa formada por onze gomos cheios de suco, vitamina C, flavonoides e óleos essenciais. Inquietaram-se as cegonhas procurando céu, ficou adormecida a tarde de domingo, que estrelas frias se infiltram por uma fresta do teto, acordando sozinha na hora em que tremelicamos de ternura. Aqui está o detetive ajeitando a gravata. Por caridade, repare em mim, procuro uma filha que foi à escola com uma laranja na mão e não voltou mais. Soletra a resposta: "Fizemos o possível e não há pistas, nada". Não me lembro das feições de seu rosto, mas me lembro, sim, do seu jeito de tirar os gomos da laranja, de anunciar ao sair "vou e volto de tarde, volto logo" e pegar uma fruta para o caminho.

 Avançar sempre em linha reta, acompanhando o perfil da fábrica ao longe, o recinto baixo que divide o campo. Tenho a esperança de encontrar uma sandália pela trilha. Enquanto isso, invento números de telefone. Disco. Desligo. Vou tecendo a tira de lã, esse fio secreto. Você desenha um labirinto com fios coloridos desde nossa casa até a rua, ida e volta. Antes de cair no sono, deixo as botinhas ao lado da cama. Durante o dia, procuro um engraxate que lustre suas botinhas para que a cor azul não desapareça. Por que toda noite me dói tanto desamarrar as botinhas?

 Eu, a salvo em Santiago do Chile, não existo para a minha filha, para o meu marido que um dia foi embora. Para quem existo? Uns comprimidos brancos me empurram para um sonho escuro. De manhã, descubro um fio de cabelo seu que ficou no travesseiro, e uma gargalhada explode de um dos lados da minha história. Desde aquele dia, não arrumo mais a cama, durmo entre travesseiros e cobertas dentro da banheira. Fecho a porta para que o seu cheiro não se perca, e um desejo desliza pelo vértice mais metálico do quarto. O dormitório no final do corredor fica trancado. Eu sussurrando a vindima adiada, minha orelha na direção dos seus lábios, e seus lábios buscando-me cegos. Ensaio infinitas corridas com suas botinhas, do banheiro até a entrada do quarto. Para o caso de você voltar. Ou para o caso de alguma vez eu abrir a porta e descobrir que, na realidade, você nunca foi embora. Respiro fundo. Há um som além do metal das dobradiças girando na madeira.

Volto para casa, embora cada passo clausure paraísos prometidos. Não me lembro de trocar os sapatos quando chego ao patamar da escada. Não existo para a minha filha, para o meu marido que um dia foi embora. Para quem existo? Ultimamente, para ninguém.

MIOPIA

> A orfandade é um peso estranho que me habita
> E tenho medo:
> Pela primeira vez
> Estremece meu solo errante.
> ESTHER SELIGSON

Meu ponto fraco era a miopia. Coisa estranha, eu enxergava, mas não via bem. O mundo era uma tela na qual eu reconhecia manchas, sombras, ângulos. Não vejo o nome da rua, não vejo o rosto, não vejo a porta, não vejo as pessoas que vêm chegando ao longe, e sou eu quem não vê o que deveria ver. Tinha olhos e era cega. A miopia tem seu assento oscilante no juízo, faz reinar uma eterna incerteza que nenhuma prótese dissipa. Mesmo que usasse óculos, a miopia tem pequenos entraves, mantém o olho sob um véu justo. A miopia deixa as pupilas opacas, o uso permanente de óculos afunda a ponte do nariz alguns milímetros, deixa você com a testa franzida. A dúvida e eu temos sido inseparáveis: eram as coisas que tinham ido embora ou era eu que mal conseguia vê-las? Ver era como crer, uma fé cega, sim, pela escuridão e pela convicção. Vivia estremecida, pois não via o inimigo erguer-se a apenas três passos. Mas a três passos conseguia sentir-lhe o cheiro, ouvi-lo, escutá-lo, mesmo já sendo tarde demais para essa imanente proximidade. Toda vez que ele se aproximava, ensaiava um rechaço. Os olhos são as mãos milagrosas; nunca havia desfrutado do delicado tato da córnea, das sobrancelhas, as mãos mais poderosas, essas mãos que tocam os que estão aqui próximos. Não sabia até aquele momento, aos meus doze anos, que os olhos são os lábios acima dos lábios e que os lábios de um homem são mais ásperos. Era preciso executar esse movimento de porta basculante para ter acesso ao mundo visível.

Lamento em minha mãe sua cegueira em relação a mim e, no meu pai, seu deslumbramento em relação a mim. Confiam nos cuidados dos demais, basta se distrair. Velam a todos, todas as crianças, em especial as suas. O momento da descoberta é sempre um momento de voltar a encobrir. Eu nascera com o véu e ninguém confiava plenamente em minhas observações: teriam as coisas acontecido como ela acreditava ou era eu que não conseguia vê-las direito? Jamais vi meu passado com segurança, menos ainda os outros, que percebiam em mim um acreditar maculado. Alguém que a pessoa conhece bem demais vem perturbar a ordem das coisas: nem conhecido, nem desconhecido, conhecido demais, mas estrangeiro dos pés à cabeça (uma definição ainda por nascer).

O passado era uma escada que eu voltava a subir.

Outra vez sou criança. Procuro a mecha de um cabelo perdido. Contemplava o jardim, os dois tobogãs amarelos, os balanços coloridos, a gangorra de madeira e a torre central pintada de laranja. O médico com seu olhar firme em mim, uma filha com tranças rígidas mexendo em todos os botões do sofá, resoluta diante do olhar do especialista, que examina, franze o cenho, o elevador parando entre os andares. Não ver é um defeito, mas não ver a si mesma sendo vista é demolidor. Lembro-me da miopia de uma terça-feira de janeiro, eu percebia as duas margens: o que estava certo, o que estava errado. A língua dentro da boca poderia aprisionar o sabor que estava a ponto de se extinguir.

Comia sem prestar atenção ao que minha mãe punha no prato. Espetava o conteúdo com o garfo e o levava à boca, com a cabeça abaixada na minha operação de inseto cegueta. Minha mãe me repreendia. "Você está ficando patética, não insista, o zelador da escola afastando-se da figueira por causa da alergia. O que esperar de uma menininha de onze anos?" Com medo do que vou confessar, chegava aos doze e me paralisava porque, a partir dos doze, um desespero, uma agonia, o garfo suspenso se por acaso meu olhar cruzasse com o do meu pai e seu corpo contra a parede. Certas horas me descubro pensando incrédula "este é o meu pai, que coisa incrível; esta é minha mãe, esta é a minha família, veja só, há quantos anos eu não digo mãe, não digo pai, digo o Senhor, a Senhora".

Não por rancor, por tédio, eu confusa. Prometo que só vou dizê-lo uma vez. Não é uma questão de preferência, é a verdade, minha irmã de sete anos não chegava nem à sola dos meus sapatos, eu era uma menina de doze, ela não tinha curvas, não tinha pelos, era carne lisa, branca, insípida. Fomos passear, perseguíamos uma lagartixa e a pressionávamos com o mindinho. "O que você vai fazer quando ficar sem mindinho?" Abraçávamos uma árvore, marcávamos as árvores, ela me marcou, e começou o filme desbotado demais que me impedia de enxergar bem. Duas meninas de sete e doze anos, não o balanço, mas a fonte ou o avô bondoso ou um enfeite de ateliê, o mais provável é que fosse um enfeite de ateliê, uma coluna, por exemplo, com um vaso em cima. Nunca o perdoei pela história da foto, fazendo-me indignar a cada clique e depois a cada clique um soluço, um *trrr* de registro da imagem, a câmera recarregada, provocando-me ao me propor:

"Aperte o botão de novo, faça mais fotos de mim com esta linda menina".

Eu fotografando a mão de papai na cintura fina da minha irmã, uma imagem desfocada. "Está vendo, faço carinho nela como faço em você. Ela fica toda dengosa."

Ciúmes que intrigam, que não são confiáveis no juízo de uma menina que sofre de severa miopia. Não se emocione, não sinta pena de si mesma.

Minha mãe, após vinte anos de distância, apareceu junto à porta.

"O que vocês acham que eu deveria dizer, o quê?"

Uma curiosidade meditabunda. Meu pai a vinte metros de minha mãe e de mim. Minha mãe calada, partes de nós expostas ao sol, partes de mim na escuridão.

"Talvez não seja capaz de dizer nada."

Meu pai saiu da sala. Minha mãe ficou um minuto ou dois em silêncio, não me abraçou, abraçou minha pasta, e, apesar de estar abraçando a pasta, me encolhi para que não me apertasse muito, passei depressa a mão no braço para apagar a marca de seus dedos, e sentimos algo estranho, a clareza do fosso que nos havia separado. Acho que nunca perdoei os dois. O joelho dobrado ocupando espaço no sofá apertado, me observando furtivamente. Ali na praia, a irmã menor com um biquíni de algodão procurando conchinhas na areia. Sempre gostou mais dela do que de mim, fale a verdade, pai. Você no fundo, já não tão novinha, de silhueta mais gorda. Portas batendo, cosquinhas, gritos. Um cara ajeitando a gravata no banco das testemunhas, acho que eu o conhecia, diga seu nome, tem um rosto familiar, diga seu nome, a pele enrugada do pescoço pendendo, seu nome, senhorita; preste juramento, ajude-me a pensar, uma coisa inflamando-se na garganta, virando palavra, eu dizendo em voz alta: "Venho declarar por que gostava mais da minha irmã do que de mim".

O passado era uma escada que eu voltava a subir.

Meu pai fumando, não parava de fumar no corredor, baforadas que não serviam para nada. Senhorita, compreende qual é o delito? Bem, a palma na cintura da minha irmã mais nova, ela esquivando-se, catando conchinhas na beira da praia. Não existo para os senhores, vamos, avancem, olhem-me nos olhos. Para quem existo? Não encoste a mão em mim, que coisa, deixe meu pescoço em paz, está mimando demais a menina. Apesar dos meus esforços, meu pai obnubilado pela pequena, que ficava mostrando-me a língua a toda hora. Por amor, repare em mim, não sirvo, assim como meu pai reparava na minha irmã que tampouco servia. Não me lembro da professora que denunciou o fato, não me lembro bem de suas feições, mas, sim, do jeito dela de pegar o giz, de anunciar um círculo sobre cada palavra da lousa, a ponta do giz insistindo, *pac pac*, a roupa que criava volume nas nádegas. Havia um mapa colorido do mundo, qualquer um poderia dizer que a África é principalmente verde; o Polo Sul, branco; os oceanos, azuis, e ficava em dúvida com uma palavra.

— A senhorita tem uma ortografia ruim, vou ajudá-la.

E ela sem me ouvir. Não é isso, é que eu quero dizer uma palavra e sai outra.

— Esta menina está ausente, fica desconcentrada, não come, não sai na hora do intervalo.

A película descolorida me impedia de enxergar direito, duas meninas, portanto, e nesse aspecto há acordo, em torno da imagem ambígua, não importa qual, escolhida pelo fotógrafo como prova. O balanço não, a fonte de água e o pai bondoso, digamos, e segue a música, porque não temos tempo a perder com uma lembrança ruim. Continuava oscilando nas trevas da miopia, vangloriando-me da minha severidade, do meu vazio, congratulando-me também. Uma palavra sem importância que me caiu da língua por descuido, minha mãe sem escutar o que deveria ter escutado. A professora mais velha que a minha mãe, sem maquiagem, medindo-a com os olhos, medindo-me, o aroma dos jacarandás do pátio do colégio evaporando-se de repente quando ele abria o casaco de gabardine. Coloquei minhas mãos como duas espadas cruzadas. Voltava a fechá-las soluçando palavrões e desaparecia correndo. Os olhos da professora, nunca outros olhos, hesitava, reparavam na idade incerta da minha mãe.

— Senhora, percebe o que estou lhe dizendo? Examine os desenhos dela. Hoje chorava numa das cabines do banheiro. Está entendendo? A psicóloga quer falar com a senhora.

O cheiro de borracha do ginásio e dos tênis que todos os meus colegas usavam. Eu com meus óculos, sentada num banquinho perto da porta. Se jogo basquete, trombo com os outros; se corro pela pista, não vejo a chegada. Sou míope e quase não consigo praticar esportes. Observava os corpos flexíveis dos meus colegas, como lançavam a bola, voavam pela caixa de areia aguardando a fita do professor que calculava os metros, marcavam gols num arco que, para mim, não tinha limites nítidos. Compunha redações sobre os Jogos Olímpicos, fazia abdominais, duzentos, trezentos, em cima de um colchonete rasgado. Amarrava os óculos com um elástico atrás da cabeça, um, dois, até contar cem flexões.

Um olhar de relance à professora, ela é uma estúpida que dissertava e dissertava no estrado sobre a deriva dos continentes e a origem das monções; no prédio da professora ninguém, no dia em que fui procurá-la para lhe pedir ajuda, a caixa de correio fechada, a janela vazia, chamei, o porteiro eletrônico mudo, uma vizinha que varria a escada disse que ela havia saído com malas.

O passado era uma escada que eu voltava a subir.

Nunca vou esquecer o gesto do meu pai tirando meus óculos, com cuidado, devagar, conversando comigo, um sorriso, pouco antes que me conduzisse até a gruta que os lençóis simulavam. Em seu rosto, tantas imperfeições e sinais que não me pertenciam, sua mão no meu joelho, a voz mais grave, repreendendo-me:

— Muito bem, você não gosta mais de mim.

Era o sol da tarde entrando pelas janelas iluminando a desordem dos brinquedos que brilhavam. O peculiar silêncio do jardim, quieto, os pássaros, o pessegueiro em flor. Não, não é isso, papai, é que me dói quando o relógio dezessete para as nove, dezesseis para as nove, quinze para as nove e quinze para as nove, um traço mais grosso, você correndo em direção à saída, me largando agora que você me faz tanta falta para trocar o travesseiro, mudar a posição em que estou, você com a boca grudada nos joelhos numa casa que inventei, não me pertence, eu a inventei, é minha, uma lanterna prosaica procurando você, a foto que arranquei do álbum com um canivete e, ao tirá-la do álbum, nenhuma pessoa.

O passado era uma escada que eu voltava a subir.

Meu pai, minha mãe, minha irmã mais nova estão esperando lá fora, fumando cigarros, apagando-os no piso. Vinte anos depois, volto a ser a menina diante de um prato de biscoitos e do juiz. Tenho à minha frente inúmeros globos oculares; linhas circulares, pés descalços repousando na pedra, de pupilas fixas, de bocas fechadas nas quais o silêncio matura um julgamento. Tenho diante de mim plateias com figuras de pedra. Posso comer um biscoito? Quer que eu diga alguma coisa sobre esta foto?

O passado era uma escada que eu voltava a subir.

Este aí é o meu pai, está com uma mala porque agora é um papai de visita, só o vejo aos domingos, é um papai de domingo. Nunca mais ultrapassou a grade do jardim, toca a campainha e eu saio arrumadinha para a rua. Minha mãe uma vez disse "isso é inadmissível" e o expulsou de casa. Papai anda esquisito, naquele dia me perguntou umas quinze vezes: E como você está indo na escola, filha? E como você está indo na escola, filha? E como você está indo na escola, filha? Eu digo "mal, como poderia ser de outro jeito, senão não haveria uma juíza interrogando-me toda semana". Passamos onde ele mora: um fogareiro, a cama desarrumada, uma mesa com toalha xadrez. No parapeito da janela, um par de vasos com cactos. Digo que o colchão está manchado, responde "não tem problema, depois eu viro do outro lado". Saímos para a rua. Damos voltas pelo zoológico, paramos na jaula do tigre, nas das zebras, na do elefante pesado e solitário. Olha o relógio, almoçamos um sanduíche de atum no banco de uma praça. Diz para eu comer tudo que é para crescer bonita, crescer forte. Pergunta o que eu quero ser quando crescer. Eu digo que médica, professora, policial.

— Posso comer outro?

Esta é a quinta vez que conto isto. Já contei ao médico quando me examinou. Contei à tia policial na delegacia. Ao psicólogo e agora ao senhor. Como disse que era o nome dele? Cruzo e descruzo as pernas como as meninas mais velhas. Conte-me de novo como você e mamãe se conheceram... Arroz com leite, quero me casar com uma mocinha de Portugal, que saiba costurar, que saiba bordar, que saiba abrir a porta para ir brincar. Com esta sim, com esta não! Com esta mocinha eu me caso, então! Mamãe, não sabia bordar ou costurar?

A hora da revelação é sempre a hora de voltar a encobrir, um esboço de perfis que se perdeu com os anos. Deixe-o, sem se atrever a odiá-lo, e sim à espera de que um dia desses deixe rosas na pia da cozinha, você nunca gostou de rosas. Uns quantos traços finos, dois traços grossos no máximo, e o metrô atropelando-o, acertando-o, atropelando-o de novo, um sapato marrom na plataforma junto a você, no instante em que lembrava que ele o perdia, e o vendedor de doces detido. Quero sair para ir brincar, meus amigos me esperam no parque. Um parque muito diferente, outros arbustos, outros bancos de madeira. Pessoas à sua direita, à sua esquerda, além de você, gritavam como eu. Às vezes se revelam e me transportam à escada letárgica das descobertas banais: um fosso, um poste de luz, uma grade.

— Posso comer o último? Papai faz a sesta na grama, seu cabelo fica amarfanhado na nuca, um fio de saliva escorre pelo queixo. Tenho uma boa desculpa, se me esconder atrás da árvore e não o ouvir me chamar: Cooonstanza, Constanzaaa. E agora você não me vê, porque não consegue ver nada. Cubro o rosto com o tronco e começo a contar um, dois, três, até cem, e saí! Você se escondeu, eu chamando "papai, cadê você?"; ele respondendo "aqui, estou aqui", abrindo caminho no meio do mato com um galho na mão. Chamo a fada madrinha. Abracadabra pata de cabra. Diz ao meu ouvido a meia-voz: "Tenho uma varinha mágica". Tenho uma boa desculpa, vamos nos afastar. Ele desabotoando a camisa branca, atirando-a no chão. Ele pedindo "não diga meu nome, se você disser, vou me confundir, não, nada de nomes, nem o seu, nem o meu". Ele, em pé encostado na árvore. Ele insistindo para que eu não o nomeie. Ele dando puxões na minha saia. Onde você está, fada madrinha? Eu aparecendo, desaparecendo com uma varinha. Eu, os joelhos dobrados. Eu, encostada sobre um balanço como se fosse o colo dele. Fada madrinha, atenda aos meus desejos, por favor. Abracadabra pata de cabra, um borrão de pele, não consigo focar, branco demais ofusca. Está pelado, papai?

Jamais vi com segurança. Ver era como crer, uma fé cega, sim, pela escuridão e pela convicção. Continuava oscilando nas trevas da miopia, vangloriando-me da minha severidade, do meu vazio, congratulando-me também. Uma palavra sem importância que me caiu da língua por descuido, minha mãe sem escutar o que deveria ter escutado. Ele insistindo para que eu não o nomeie.

ATÉ QUE SE APAGUEM AS ESTRELAS

Não entres docilmente nesta noite suave
Que a velhice arda e delire ao fim do dia
Fúria, fúria, para que essa luz não se apague.

DYLAN THOMAS

Acariciava a página do jornal dentro da minha bolsa enquanto esperava no frio da noite alguém abrir a porta. A enfermeira com tamancos cirúrgicos girava duas vezes a chave na fechadura enquanto dizia um cansado "boa-noite" e com um gesto displicente me fazia entrar. Na primeira divisória pressionava duas vezes o recipiente de álcool gel e secava as mãos com a toalha granulada: "Por favor, lavem as mãos antes de ver o familiar". Já dentro, era recebida pelo golpe da calefação com um aroma de cerejas maduras que me pinicava o nariz. Li no quadro de avisos de acrílico: "Senhor Alfonso: medir a temperatura", "Dona Graciela: virá-la de lado, tem escaras na nádega esquerda, aplicar creme", "Senhor Osvaldo: injetar protomobontina a cada seis horas", "Dona Eugenia: inalação às duas da manhã", "Hildita com insônia, foi dado calmante", "Dona Maricela: controlar o HGT a cada quatro horas, não informar resultado, registrar entre 100 e 110", "Demais pacientes, sem novidades".

A segunda campainha abria a grade que dava acesso às escadas para o segundo andar, o dos pacientes semidependentes. Os que custavam menos à sociedade e mais à medicina. Um espaço decorado com um mobiliário singular, composto de camas hospitalares, andadores, cadeiras de rodas, máquinas de aspiração, sondas, inaladores, bolsas de soro, tanques de oxigênio. Meu pai sentado num sofá, assistindo às notícias no quarto 234. Para chegar ao seu quarto, era preciso percorrer um longo corredor. Quando fazia isso de dia, cada quarto era uma caixa de surpresas, e de suas molas saltavam anciãos extravagantes. Na primeira porta, a senhora que desfia rosários de xingamentos obscenos; na segunda, uma anciã grisalha acariciando suas bonecas de pano, que ela tira de um cesto de vime; na terceira, a que me para e pergunta: "O que está fazendo aqui em minha casa?"; na quarta, o senhor que contempla parado o horizonte enquanto belisca o traseiro das enfermeiras; depois, a senhora Águeda, que solfeja as notas resgatadas de sua outra vida como cantora de ópera; na seguinte, as duas senhoras prostradas que nunca pestanejaram desde que as conheço. A cada duas portas:

"Lavar as mãos antes e depois de atender um paciente".

Em outro quarto, o cavalheiro misterioso, de quem só se ouvia o som da perna de metal, ia pisando o chão com estrondos repetidos. Quando eu andava pelo corredor à noite, avançava rápido. O longo corredor quase vazio. Cada quarto, um buraco escuro de onde saíam suspiros, zumbidos de máquinas. Os ruídos suaves eram interrompidos pelo velho resmungão que andava arrastando uma bolsa de urina ou por auxiliares do segundo turno, que cumprimentavam com olhares de escorpiões mortos e transitavam sigilosas junto às paredes. Quase no final, meu pai, sempre afundado na sua poltrona vienense, de tecido ocre e braços largos, em frente à tevê, segurando o controle remoto com um leve tremor. Segundo a ficha psicológica da Residência: "Autoestima satisfatória, bom estado anímico, confiança em si mesmo. Patologia de base dificulta conversação e expressão oral, precisa de apoio personalizado. Mostra-se interessado em participar de todas as atividades de seu agrado. Muito sociável, educado, respeitoso, dispõe-se a aprender coisas, aberto a experimentar possibilidades. Seu Mini Mental é de 35 pontos, sem deterioração cognitiva relevante. A pontuação da escala de Depressão aparece sem sinais de baixa no ânimo. De um tempo para cá, o paciente participa das atividades de jogo de dados, ginástica, filmes, psicologia, conversação".

Meu pai acometido por um teimoso mal de Parkinson há doze anos, meu pai com diabetes melito, meu pai paciente cardíaco com três *bypass* e um *stent* atravessando seu coração como um pérfido Cupido. Dois pólipos extirpados do cólon, a retirada total da próstata por hipertrofia. Ele, em si mesmo, um expoente da medicina contemporânea, a intersecção entre a má genética, os poucos cuidados e a tecnologia avançada. Agora, meu pai diagnosticado com um câncer. Um tumor de 7,1 x 3, 4 x 5,2 centímetros no rim direito, como indicado pela tomografia. O rim esquerdo com milhares de pequenos cistos. A hemorragia ao urinar, os tempos de alívio. Desta vez, decidi prescindir da retórica oncológica. Quando saí da consulta com o especialista, joguei todos os exames num cesto de lixo perto do rio. Nem uma palavra desta vez, o pretexto de uma infecção urinária justificou os procedimentos.

Fosse de dia ou de noite, assim que me via chegar, ele sorria docemente, amparado por um carinho incondicional e, agora pela ignorância de seu estado terminal, à espera da página amassada do jornal que iria ler com a avidez de um prisioneiro. Notícias do mundo, do país, do esporte, da bolsa, de espetáculos, conforme a vontade do vendedor. Leria esses destaques atentamente enquanto eu esmigalhava a erva separando as sementes e estendendo-a sobre a seda de papel de arroz. Um montículo em forma de cilindro que eu acendia com meu isqueiro. A primeira tragada profunda e certeira. A fumaça liberada em baforadas. Primeiro, ele, depois eu, até que vieram as primeiras risadas.

— Filhinha, preciso lhe contar uma coisa.
— O que é?
— Meu xixi está vermelho.
— Você ficou daltônico.
— Não, é sério.
— Com essa nossa erva aqui, tinha é que sair verde.

Risadinhas, gargalhadas que iam se multiplicando enquanto o cigarro era consumido entre chispas alaranjadas e extremidades cinza que se arrastavam como vermes. O sorriso plácido e a livre associação eram o começo de nossos encontros.

— Lembrei-me daquele vira-lata que a gente teve, o Niki — eu disse.
— Aquele cachorro com manchas cor de café e o olho preto de pirata?
— É, esse mesmo, lembro que uma vez ele se perdeu e eu saí para procurá-lo por horas. Cheguei até o laguinho, aquele na metade do povoado, perto de casa, lembra-se dele? Onde morava a Marina, a empregada, e também o Luizinho, o jardineiro.
— Invenções do louco do Allende.
— Papai, eu gosto do Allende.
— Mas você era uma cabritinha.
— Digamos que foi uma descoberta retroativa.
— Tudo bem, o Allende está morto, tanto faz.
— Não, está mais vivo do que nós dois.
— Não vamos falar de política.
— Nem de economia. Nem de religião.
— E então, vamos falar do quê?
— Papai, você se incomoda de eu ser judia?
— Contanto que você não ache que faz parte do povo eleito.
— Não, bobagem. Todos os povos são povos eleitos. Allende dizia que quem faz a história é o povo.

— Você acredita nisso?
— Lamentavelmente, são as elites que fazem a história.
— Ingênuo Allende.
— Um político com heroísmo e ética.
— Mas era um caos, você não se lembra do desabastecimento e das filas.
— Mais ou menos, mas tornaram a vida dele impossível.
— Filha, eu sou Chicago Boy.
— Sim, eu sei, mas não concordo com a postura dos Chicago Boys.
— Chi-cago. Chi-caga.
— Chi-cagaram o país de vez.
— Você não sabe de nada, não entendeu nada, a privatização foi a nossa Sierra Maestra.

Quando meu pai começava com comentários impertinentes, eu sabia que estava absolutamente em outra. Seus olhos eram uma linha avermelhada. A essa altura, o cheiro de erva queimada me obrigava a fechar bem a porta para ninguém sentir lá fora. Dei uma olhada panorâmica no quarto, os móveis evitam aquela sensação de alheamento. Nós é que compramos, trouxemos da loja de antiguidades descartadas, pusemos umas quinquilharias em cima, inventamos histórias para elas, demos um jeito de que fizessem parte desta casa simulada. Lá fora havia muitos sons, alguém falava com palavras golpeadas, bateram à porta.

— Proíbo que a enfermeira me interrompa agora.
— Papai, o que a gente faz, estão insistindo.
— Acho que fui bem claro, estou proibindo que me interrompam agora, tenho setenta e oito anos e faço aquilo que me sugere a minha real vontade.

Rimos os dois juntos, uma gargalhada histérica, dobrando de rir, juntando as mãos, balbuciando bobagens.

— Real vontade, está se achando um rei, pai?
— Se continuarem incomodando, juro que vou expedir um édito.

— O de Nantes?
— Qualquer um.
— Calma, já foram embora.

A essa altura, víamos fulgores azulados e uma manchinha vertical de água caindo pelo espelho. Eu observava a velhice: uma carne fingindo-se de carne, unhas amareladas, ossos de cartolina. De repente, voltei a vê-lo jovem, montado num cavalo ou então desempregado na crise dos oitenta, incapaz de falar, olhando-me da cadeira com seu desinteresse vazio, o telefone fora do gancho, o toque da campainha, os envelopes de contas vencidas empilhados. Coloquei uma pinça no que restava da ponta do baseado, e demos as últimas tragadas. Meu pai sempre se distraía e, no meio da dispersão, um vislumbre de ternura, um beijo na testa.

— Bem, pai, boa noite, até amanhã. Vem cá, uma pergunta: é verdade que você votou "Não" no Plebiscito?
— Não não não não.

As mulheres da Residência usam anáguas que ficam sobrando para fora das saias. Há uma senhora com Alzheimer que ameaça ir embora todo dia às quinze para as cinco da tarde, arrasta a mala com uma rodinha que guincha. Os quartos são todos parecidos, a madeira sem envernizar devido à pressa das mudanças, um sofá com almofadas de crochê, mesas e estantes de vime, caixinhas de música com bailarinas emperradas, cortinas manchadas, mesas de cabeceira idênticas, enfeitadas com frascos de remédios, vitaminas, pó de arroz, paninhos bordados, fotos de familiares em molduras douradas, cachorrinhos de cerâmica. Nos corredores, as moças da limpeza passam várias vezes o pano com detergente, vontade de lhes perguntar:

"Não seria bom experimentar outra marca? Esta não remove o cheiro de cereja madura".

Meu pai, um doente orientado no tempo e no espaço, memória de longo prazo impecável, os últimos dez anos confusos, contato visual, personalidade retraída, dificuldade para se expressar oralmente, disfonia por rigidez das cordas vocais. Uma expressão de tédio que desaparecia sob os efeitos da maconha, não só isso, sua fala ficava mais nítida, modulada. Depois de umas deglutições pensativas, desta maneira que os velhos têm de expor razões com a boca.

Apontava com o dedo trêmulo e girava o pescoço como um boneco de corda pela falta de dopamina. Púnhamos a cabeça para fora por uma das extremidades da janela, contávamos astros, adivinhávamos galáxias, traçávamos a elipse dos planetas. Fantasiávamos uma visão de telescópio. O céu, um telhado para as nossas minúsculas existências. Meu pai com seu conhecimento enciclopédico me corrigia, eu sempre confundia os planetas com as estrelas, errava a localização das constelações, não distinguia a luz dos satélites do piscar dos aviões. Parávamos de observar quando a ponta do nariz ficava gelada demais.

Quando fumávamos, meu pai tinha um hábito fixo, ria do calendário da parede, que ficava parado no 5 de agosto ou no 23 de outubro ou no 18 de janeiro. Um anuário presenteado pelo departamento de idosos da prefeitura, junto com a cesta básica de fim de ano. Seus lábios balbuciavam alguma coisa. Meu pai, feito de coisas por dizer.

— Ainda sobrou um pouco dos pêssegos em conserva? Me deu fome.

Ávidos por açúcar, devorávamos biscoitos, *alfajores*, chocolates. Já não importava a glicemia, não importava mais nada. Começaram a suspeitar das minhas visitas noturnas, do cheiro da erva, das risadas a portas fechadas. O batom passado às pressas na boca da enfermeira-chefe quando sentencia: "O senhor está transgredindo as normas da Residência". Eu rindo escondido de seus lábios mal delineados. Sentia o perfume das cascas de laranja do estudante residente, o velho de olhar fixo coçando o pijama na zona dos genitais, o ancião ao lado observava e dizia que, quando alguém se coça, a coceira não demora a contagiar.

Quando ia visitá-lo cedo, ouvia o carrinho da comida pelo corredor, as rodas metálicas, imperfeitas, mancando ao rodar. Na hora do almoço, ajudava meu pai a manipular a papinha. Eu tentando separar o montinho de comida com o garfo, o pedacinho escondendo-se no meio do purê de batata, de brócolis despedaçado; minto, não minto; se mentir, posso perdê-lo, "está uma delícia", é brócolis ou espinafre? Se não minto, ele descobre, vêm as acusações, as cenas.

Na primavera, faziam a cerimônia dos colchões. Quando os raios de sol se espalhavam como patas de aranha, o pessoal tirava todos os colchões e punha no jardim. Colchões com aréolas de urina, manchas de sangue, de suor, de excrementos, bolhas antiescaras desinfladas. Tudo em cima da grama como espreguiçadeiras de uma praia tropical. Se houvesse palmeiras, crepitariam sob o vento, mas aqui só lhes resta ficar com as pálpebras fechadas. Os anciãos observam impávidos da varanda, assistindo envergonhados às auxiliares surrarem os estrados, a lã, a espuma. Se tivessem boa visão, veriam nas superfícies pequenas figuras, desenhos traçados por suas secreções corporais. Ao entardecer, os colchões pareciam mostrar hematomas depois de tantas pancadas, e era a hora em que regressavam aos seus donos, até o ano seguinte.

Uma noite me chamaram com urgência à casa. Quando cheguei à Residência, vários anciãos esmurravam as portas, a ambulância tinha chegado, maior alvoroço, para recolher um paciente com princípio de infarto, descompensação diabética. Era meu pai, eu fiz uma careta de pena. A enfermeira gorda vociferava: "Não me venha com tristezas, com insônias, pontadas no peito, bobagens, vire-se sozinha, assim como eu me viro". Fico ensurdecida com as ambulâncias, com aquele enxame de sirenes que insistem em transportar meu pai cada vez que ele tem uma crise. Levam-no a um hospital com hortênsias e azulejos; não posso impedir. Já no quarto, a enfermeira manobrava a sonda, avançando pela metade esquerda do peito. A enfermeira, todas as falanges redondas, espetando seringas, óculos escuros à altura da cabeça prendendo o cabelo, e o paramédico um, dois, três:

— Respire comigo, vovô.

E nada, um pulmão despertando, um fôlego fraco. Esperava ouvir meu nome na exalação e nenhum nome.

— Sabe quem sou eu?

Balançava a cabeça.

Quando removeram os tubos da garganta e o soro, puxou o lençol com um grunhido. Uma sensação de grampos removidos. A enfermeira vestida de primeira comunhão apoiando-se na mesinha junto à qual me pergunta os dados de sempre: idade, afecções ("sofre de"), data de nascimento, particular ou convênio?, seguro-saúde complementar, cirurgias. Que medicamento toma? Eu, como boa aluna, ditando a receita mensal: Prolopa, 250 mg, três vezes ao dia, Betaplex 25 mg, Acerdil 10 mg, Minidiab 5 mg, Cardioaspirina, à noite, Amitriptilina e Quetidin 100 mg.

— Algo mais?

— Acho que não.

Ou melhor "tudo isso já não basta?". Apesar dos meus esforços, meu pai, não mais nos quartos de hospitalização, agora na Unidade de Terapia Intensiva, com medo de morrer enquanto se torcia no mesmo ritmo que os cabos que conectavam seu corpo a máquinas, e as máquinas faziam vibrar sua esquelética figura. O medo de morrer, a certeza de morrer. Meu pai postergando o pâncreas com um impulso de rechaço, a enfermeira ditando-me "a glicemia disparou, vamos chamar o médico". Ele na cama delirando antes do coma diabético, dedos que desapareciam numa espécie de voo rasante sobre as cabeças, "não desmaie, não feche os olhos, espere a injeção de insulina de três unidades"; um mecanismo de coração precário que a toda hora ficava atrasado um ou dois passos em relação à vida, tudo se antecipava nele, almoços, crepúsculos, minha ansiedade que notificava:

— Você está nas últimas.
— De novo?
— De novo.
— Mas agora é de verdade?

E o riso contido de um humor inesperado, o relógio com seu pequeno trote desesperador, com o pêndulo sacudindo os dígitos culpáveis nos monitores, todos os níveis alterados, a chicotada de uma pomba na janela que nos assusta; eu aguardando do lado de lá da cama, observando as estampas nas portas, concentrada no cabideiro. Minutos depois, vigiando seu sono sobressaltado, a febre terçã. O médico avançando pelo corredor, interceptado pela enfermeira do andar.

— Doutor, há seis pacientes graves aguardando.

O médico aproximando-se de modo parcimonioso.

— Como se chama o cavalheiro?

Seu nome, acho que não dei o nome completo.

— A senhora é filha, certo? Seu pai está mal. Qual sua opinião sobre a respiração mecânica?

Eu, impávida, esperando que ele adivinhasse a resposta que eu não me atrevia a dar:

— Assine aqui, por favor.
— Se fosse meu pai, eu não assinaria assim.

A minha mão não tremeu diante do formulário, é muito difícil despedir-se de alguém durante tantos anos, vê-lo consumir-se, deteriorar-se, deixar de ser a pessoa original, sentir pena, ver seu sofrimento, a dor encoberta, os dias longos e tediosos, perder os amigos, perder a si mesmo, que dia é hoje? Quem é o presidente do Chile?

— Presidenta, presidenta, papai.
— Não importa, porque a gente, em Chacabuco...
— Lá vem você com Chacabuco de novo.

A certa altura, vi os olhos úmidos de meu pai, eu nua na minha frieza, por sorte um lenço na minha bolsa para sorver tristezas. Contei um, dois, três, quatro, cinco. Não poderia ser sua mãe, pois era sua filha, não poderia pegá-lo nos braços porque não tinha a força física necessária; se o amparasse nos braços, receava que nos mandassem soltar as mãos, os abraços. Minhas pernas com cãibras, com enjoo do cheiro de remédios, o médico junto ao batente da porta com uma cruzinha na metade do peito.

— Não quero incomodar, mas preciso examiná-lo, senhor.

Meu pai contemplava com fervor quase religioso aquele boneco com avental e estetoscópio que deslocava com o dedo, balançava a barriga num vaivém nervoso, uma corrente de ar inflava suas opiniões.

— Ouço uma arritmia por aqui, os pulmões estão um pouco obstruídos, a urina um pouco escura demais. Conseguiu evacuar?

Meu pai assentindo, o exame do açúcar à espera, o médico com o indicador no resultado; "setenta e oito anos não são setenta e oito meses, amigo, tenha paciência, é para isso que estamos aqui, o senhor fique tranquilo que isto é um contratempo, só isso, um problema da idade, coisas da passagem do tempo, não há o que fazer".

— O senhor perdeu o apetite?

Meu pai negando, meu pai sabendo e não sabendo da gravidade de seu estado, observando o médico antes de observar a mim, admitindo que era um conjunto de palitos de ossos, umas vísceras flácidas, e o paciente da cama ao lado veio se despedir de nós. Naquela noite, a enfermeira ficou um tempo a mais na sala de pacientes críticos, o fisioterapeuta veio sem se interessar minimamente: "Para que me chamaram se este senhor já não...?". Dirigi-lhe um olhar de ódio, porque meu pai estava vivo e precisava de ajuda para sair da atrofia corporal depois de tantos dias deitado. Perguntei com sarcasmo se existiam fisioterapeutas forenses e saí.

— Doutor, o senhor não poderia passar duas vezes por dia?

— Isso é algo entre um hospital e uma clínica privada, tenho outros pacientes à espera.

Sorriso correto, cheiro de sabonete, uma mão estendida num "boa-noite" em tom baixo. Dou-lhe alta amanhã sob sua responsabilidade. Assine aqui, seu polegar, terá de me trazer uma declaração do cartório. Eu ficava com a cabeça apoiada, no parapeito dessa clínica-hospital, e olhava os enfeites natalinos das árvores, no rio Mapocho, um estreito fio em zigue-zague, de relance contemplava a cadeira do quarto com as provas finais dos meus alunos ainda por corrigir. Estava ávida pela cidade lá fora, contava cinco estrelas, uma rena, um papai-noel, dois presépios. Calculava os custos do plano de saúde, se eram três dias, a oitenta por cento cada dia/leito, mais cem por cento dos medicamentos e setenta e cinco por cento dos exames de imagem. Quanto dava? Quanto já devíamos ao estabelecimento? E se eu decidir transferi-lo para outro centro médico com melhor cobertura? Ele acordou de repente e me perguntou:

— Pensando em quê?

Meu pai girando o pescoço com a rigidez do Parkinson.

Meu pai com o leve tremor de mãos do Parkinson.

Meu pai andando com os passos arrastados do Parkinson.

Meu pai rabiscando alguma coisa no guardanapo com a letra diminuta do Parkinson.

Meu pai falando com as mastigações do Parkinson.

Na Residência, a enfermeira de batom carmim desabafava com cada parente, reclamava, "eu que não fiz mal a ninguém e tenho de suportar o relato dessas vidas minúsculas". Retomava a marcha, obrigando o homem da bolsa de urina a alcançá-la quando aquela estava a ponto de transbordar, palavras que lutavam umas com as outras nas cartas inventando promessas. O fogãozinho que acenderia com um estalido, um fulgor e pronto, as enfermeiras do turno da noite esperando as borbulhas para um chá ralo, pelo seu pescoço de iguana era visível como engordavam, uma fagulha; elas conversando entre si, mas ele as entendia muito bem, apesar de seu mutismo. De vez em quando, a enfermeira punha um envelope no meu bolso. A mensalidade? O testamento do meu pai? A conta das despesas médicas da última pneumonia? Não me atrevia a abrir o envelope antes de chegar em casa.

Segunda-feira era o dia do controle médico na Residência, uma doutora tão idosa quanto eles os examinava um por um, balanças de pesar esqueletos, porque não havia mais músculos nem tendões, ossos sim, o corpo transformando-se em outra coisa, as enfermeiras seguravam-lhes as mãos, alinhavam-nos na maca exibindo evidências de alguma mancha suspeita no ombro, outra verruga pequena, varizes inflamadas. Todos saíam com receitas de medicamentos e os familiares iam às farmácias à noite e voltavam com frascos e caixas de laboratórios estrangeiros.

— Gosta dos meus dedos de pianista, não tinha percebido?

As enfermeiras procuravam os fechos dos vestidos, das saias, das calças masculinas, para facilitar o exame dos abdomens, da pele, o controle da escara sacra na zona alta dos glúteos.

— Ajude com os botões, vamos, não seja preguiçoso.

— O seu pai precisa de mais fraldas, três por dia já não bastam.

A enfermeira diz isso com um tom de voz um pouco alto demais, meu pai se constrange e olha pela janela.

— Amanhã.

Murmuro bem baixinho: "Sabe, há uns anos, algumas décadas, este homem que faz xixi na calça teria comido você, está ouvindo?, porque era viril, sedutor, não, não era este velhinho decrépito, media mais de um metro e oitenta, caminhava aprumado, sua musculatura era forte porque praticava esportes, tênis, atletismo, equitação, o que fosse. Não, não dependia de outros para tomar banho, nem para comer. Sim, ele a teria seduzido, e você reagido com sorrisos coquetes. Na escola, era campeão de cem metros rasos, com ou sem obstáculos, voava pelos ares com suas sapatilhas de travas que roçavam as barreiras. Um, dois, três, o disparo da corrida que terminava em doze segundos, um recorde entre os colégios ingleses, vamos, corra à velocidade de um raio e cruze a meta rompendo a tensa e delgada fita cortada com o impulso do torso".

Meu pai, uma noite, estranho, saindo da rotina da leitura dos jornais, o semblante mais definido após vários rodeios:

— Tenho vergonha de dizer, prometa que não vai ficar brava comigo.

Falava com uma revista tapando o rosto:

— Não olhe para mim, senão vai me faltar coragem... estou apaixonado.

— Por quem?

— Pela Olguita, a do quarto 314.

— Faz tempo?

— Foi no passeio da praia.

— E ela gosta de você?

— Não ria, mas eu não sei.

— Certo, mas fiquei surpresa. E o que vai fazer?

Deu de ombros.

No fim do ano, organizavam um passeio ao litoral, um ônibus municipal os levava a passar o dia, de manhã havia atividade, os anciãos com chapéu de aba larga, protetor solar, um pouco dentro do espírito de uma excursão de escola, de crianças preparando-se para a aventura, vigiados pelas enfermeiras que não vestiam avental, mas calças de lycra que deixavam à mostra abdomens volumosos. A dona escoltando todo mundo numa caminhonete. Marmitas, medicamentos em caixinhas, tanques de oxigênio, cadeiras de rodas. Meu pai e a sua namorada juntos, sem se importar com o que pudessem dizer, dois velhos como nos casamentos de verdade, andando trilha acima no meio de um torvelinho de hortênsias. Protegiam um ao outro, escondiam-se dos demais, sempre de mãos dadas no refeitório, na frente da tevê, nas atividades de memória, nos trabalhos manuais, no cinema. Meu pai a observava com ternura a partir de seu coração amorfo, de seu diabetes controlado, suas artérias cerebrais ameaçadas pelo colesterol, suas mãos tremulantes, seu pescoço rígido por causa do Parkinson.

    Visitava Olguita no quarto dela depois de vários cuidados: pentear-se, passar perfume, pegar um lenço. Observo-os com uma pontinha de ciúmes. A namorada tem oitenta anos, coitadinha, quase oitenta, e é uma menina, levanta do sofá apoiando-se nos cotovelos e para na metade do caminho porque ouviu sabe-se lá o que, garante que é o telefone, e nada de telefone; a semana passada jurava que era a máquina de costura, e agora que é o motor do carro da filha que nunca veio visitá-la. Compartilham o gosto por fotografias. Sentam-se num sofá de dois lugares olhando um álbum que apreciam devagar, detendo-se em algumas imagens com uma espécie de sorriso dirigido à infância. Mas, de repente, uma página é fechada rapidamente e ela afunda a cabeça no peito do meu pai. Chora, soluça, não com a voz de mulher, mas com a voz de uma menina intimidada. Meu pai ajeitando os óculos e fazendo sinais para nós, o polegar para a direita e para a esquerda, um rumor em seus olhos que eu não quis perceber, e a garganta engolindo de novo, achei que meu nome, foi no almoço com os colegas, senhora?, que colegas? Quando nos despedimos, no momento em que acreditei ouvir você dizer meu nome, fiz uma pergunta que não entrou no seu campo auditivo.

    Meu pai feito de coisas por dizer.

Sussurrando-me "sou o que tem a perna quebrada, um relâmpago na mão". Lembro-me de ficar paralisada, incapaz de fabular, até que via que a enfermeira-chefe, imperfeita em seu carmim nos lábios, era um cão pastor conduzindo aquelas ovelhas ao longo dos poucos dias que lhes restavam. Um homem sem nome substituiu o senhor da cama vizinha.

Nas salas, os móveis escassos amplificavam os ecos. Olhei para a porta, a enfermeira-chefe fez menção de se levantar, mas continuou sentada com a cabeça entre as mãos. A enfermeira e o batom, a maquiagem dissimula, a blusa nova dissimula, ao mudar a roupa o corpo muda igualmente embora esteja deprimida, pede um copo d'água, aproveita o descanso e folheia uma revista, uma segunda revista, fica entediada com as revistas, põe música, a música a entristece, caem-lhe umas lágrimas pelas faces de bochechas carnudas.

"Não dou risada de nada."

Ela me faz lembrar uma pessoa, não sei ao certo quem, muitos anos atrás, da época em que eu ainda era uma menina. Cambaleia, sugiro que sente de novo, mas ela para no meio do quarto, pronta para se queixar, despertando um olhar inquisidor.

— Esses velhos sujam tudo.
— Tenha paciência, é um mau dia.
— Quanto tempo faz que ninguém chega perto de mim?
— Por que tem tanta fumaça aqui?
— Fumantes? Fumam o quê?

Meu pai sem deixar de tragar e exalar, respirando a nuvem de fumaça e sorrindo, falante, divagando consigo mesmo. Algumas desagregações com o queixo um pouco travado.

— Vá embora, senhorita ou senhora, senão chamaremos a chefe.

A enfermeira leva os braços à cintura e me diz ofuscada.
— Isso é inconcebível, vá o senhor para a sua casa.

Meu pai começou a falar de cólicas, fechava os olhos e sentia uma pontada, no escuro procurando com a palma sossegar seu abdômen. Outra pontada? Mais mal-estar do que náusea, um gosto ácido, uma languidez que desaparecia antes dos resultados. Dores que estremecem, atento ao quarto do fundo, atravessando o corredor, observando a porta, demorando-se com as mãos nos bolsos, chamam a enfermeira do batom carmim, continuou chamando durante horas, minutos, séculos, continua chamando as enfermeiras, e elas assustadas comigo. Depois do incidente, de ter sido repreendida pela dona da Residência, comecei a trazer biscoitos recheados de erva. A maconha misturada com a farinha e o ovo tinha uma textura áspera, mas era igualmente eficaz.

— Papai, ouviu falar do Vale de Elqui?

— Sim, claro, hippies e a madre Cecilia; todos uns mentirosos.

— Já foram embora, quero levar você lá.

— E o que tem lá?

— Muitas estrelas, o melhor céu do planeta, as estrelas cadentes mais nítidas. Também tem encostas de vinhedos, olivais, rios, vales, trilhas; você vai gostar.

— E quando?

— Esta sexta-feira, daqui a dois dias.

Do quarto, eu o ouvia no banheiro entre torneiras raivosas; eu, nervosa, com medo de que o vissem sair com uma pequena bolsa sem autorização nem pretextos. Eu, sentada no banquinho no qual ele deixa a roupa. Saiu meio vestido, agitado. Chamei a enfermeira para impedir que calçassem os sapatos sem meias, os tornozelos excessivamente pálidos pedindo ajuda, eu com um fiapo de voz. A enfermeira observando displicente.

— Meu pai não anda descalço, ouviu?

A enfermeira amarrando cadarços e manuseando o calçador, já sem prestar atenção.

— Não encoste em mim, que coisa, deixe meu pescoço em paz.

— Senhor, eu nem lhe encostei a mão.
— Rasgou minha calça, me machucou.

No final, as meias no bolso do paletó, um retoque nas lapelas, a gravata perfeita, excesso de paletó em seu corpo encolhido. Escreve num caderninho uma frase que eu não entendo, articula palavras como se os ditongos fossem dobradiças.

— Vá se despedir da Olguita.

Olhou com os olhos lânguidos, as órbitas vazias.

— São só umas férias, não seja tão dramático. Não vale a pena se afligir.

Expressei um vislumbre de dúvida.

— Seja como for, mantemos o plano?
— Sim, claro.

Ele disse isso franzindo as bochechas, e com os olhos cinza também pasmados, sem coragem de pedir que terminassem de vesti-lo. Voltou vários minutos depois com os olhos aguados, mas decidido. As ambulâncias no estacionamento sem as sirenes ligadas, a doente despedindo-se na porta e a convicção de um basta a hospitais com hortênsias, caminhando com cautela devido ao coração, ao diabetes, a uma veia no cérebro que, ao secar, poderia levar embora consigo dois terços das lembranças. Achei que fosse chorar, mas não, como comprovava o lenço no bolso do paletó surrado.

No banco do passageiro, uma caixa de perfume cheia de erva. Meu pai pegou a caixinha, abriu, cheirou com uma aspiração profunda e sorriu.

— Esconda debaixo do assento, de repente a polícia para a gente.

Meu pai e eu no carro rumo ao norte, no primeiro pedágio ele perguntou.

— Quanto tempo vamos ficar de viagem?
— Você quer uma medida de tempo precisa?

Encolheu os ombros, levantou uma sobrancelha e observou o trevo das rodovias.

— Até que se apaguem as estrelas.

Meu pai com seu conhecimento enciclopédico me corrigia, eu sempre confundia os planetas com as estrelas, errava a localização das constelações, não distinguia a luz dos satélites do piscar dos aviões. Um mecanismo de coração precário que a toda hora ficava atrasado um ou dois passos em relação à vida.

tipologia Abril
papel Pólen Soft 70g
impresso pela gráfica Loyola para a Mundaréu
São Paulo, junho de 2021